前世は剣帝。今生クズ王子 1

A L P H A L I G H T

アルト
alto

アルファライト文庫

メフィア・ツヴァイ・アフィリス

アフィリス王国の姫。
性格は勇猛果敢、
あるいは猪突猛進。

フェリ・フォン・ユグスティヌ

ディストブルグ城のメイド長にして、
ファイ専属の
世話役を務めるエルフ。

ファイ・ヘンゼ・ディストブルグ

主人公。ディストブルグ王国の第三王子。
前世は〝剣帝〟と讃えられた剣士ながら、
今生では〝クズ王子〟と揶揄される程の
グータラ生活を送っている。

ウェルス・メイ・リィンツェル

リィンツェル王国の第二王子。グレリアとは友人関係にある。

グレリア・ヘンゼ・ディストブルグ

ディストブルグ王国の第一王子。兄姉の中でファイとは特に仲がいい。

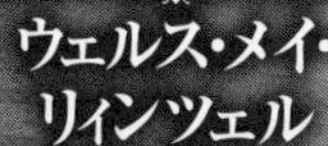

フィリプ・ヘンゼ・ディストブルグ

ディストブルグ王国の現国王。評判が悪い息子のファイを気にかけている。

CHARACTER

第一話　クズ王子

生きる為に剣を執り、剣に殉じた男。

それが正しく俺を表す言葉だ。

手にはいつだって剣を握る感覚がある。

手を上げると剣を振ってしまいたくなる。欲求が僅かに湧いてしまう。それ程までに、俺の人生は剣と共にあった。

だけれど、今生の俺は剣を振るわない。振るっていない。

俺が剣を手にしていた理由は、剣を振らなければ自分が死んでしまうから。剣を執らなければ生きられない人生だったから。喰わねば、己が喰われる世界だったからだ。

幼少の記憶なんて殆ど残っていやしない。

それでも、かつての俺は――

『……ははっ、あはははははは』

常に笑っていた。

どんな時でも、ひたすら、馬鹿みたいに笑う。

淡々（たんたん）と笑うのだ。たとえそれが、本意でなかろうが。

それが、俺が先生から受けた教えの一つ。

お前は表情が分かりやすいから常に笑え、と言われていた。だから実践（じっせん）した。

剣を執る時は決まって、俺はひたすら、へらへらとした笑（え）みを浮かべていた。

そしてもう一つ。

先生は常にある言葉を言っていた。

『人間同士で殺し合う事が悲しいんじゃない。剣を執る必要性がある事自体が、悲しい事だよ』

必要があれば俺はまた、剣を執ろう。

でも、必要がないのなら、剣を執る事はないだろう。

だって俺は――

『なぁ、＊＊＊。剣を執る事は、死が付（つ）き纏（まと）う事を意味するのさ。剣を執らない事はその逆だ。もし、仮に次の人生があるのならば、剣を執らないで済む人生を歩みたいよな』

そう言って、笑顔で死んで逝（い）った先生の教え子なのだから。

さぁ、朝が来る。

生きる為に剣を執り、剣に殉じた男の人生とは異なる生だ。剣を執る必要性がない平和な人生。

できる事ならば、この生活がずっと続きますように。

剣を振るう事こそが誉れとされる世界で、先生以外の誰にも理解されない想いを抱く。

目を覚ませと自分の中の何かが言ってくる。

それと共に、ゆさゆさと、俺の身体を揺すっているような感覚がやってくる。

「……か。……んか。……殿下‼」

「……ぁあ、起きた。今起きたから揺するのやめてくれ。酔ってゲロブチまける五秒前だ」

「以前もそう言って、一人でゲロしたいからと私を追い出した途端に二度寝を始め、夕方に起床してきたお方のお言葉は信じるに値しません！」

「はぁ、いいだろうが。寝る子は育つ。俺はまだまだ育ちたいんだ」

「殿下ももう一四歳です。王子としての自覚をもっと――」

俺が起きた元凶であるメイド――ラティファからの耳の痛い話から顔を背け、剥がれた毛布を被り直す。

王子、なんて肩書きはあるが、俺は第三王子。

しかも側室の子で、王位継承権は第四位だ。

はっきり言って王になれる可能性なんてものは、〇・一％よりも少ないだろう。

そんな俺に王子としての自覚云々を説く必要があるのかと一度ラティファに聞いたとこ

ろ、そういう話じゃないんです！　と数時間説教されたので、黙っておくのがここでの正解だ。

「聞いてるんですか⁉　殿下‼　いい加減にしないと……」

いい加減にしないと、なんて言葉はとっくに聞き飽きている。

どうせただの脅し文句だ。軽く聞き流せばいいだろう。

今日の起床予定時刻は夕方の四時。恐らくまだあと八時間近くある——おやすみなさい。

「——メイド長呼びますよ」

「っ⁉」

ビクッと身体が本能的に動く。

この王宮のメイド長。俺がアイツだけは苦手なのを知っていて、ラティファは言っているのだ。これは腹黒メイドと言わざるを得ない。一度とて認められた事はないが、父上に世話役のチェンジを申し出てみた方が良いかもしれない。

『では、私が務めさせて頂きましょう』

しかし、ラティファの代わりにと挙手をするメイド長の姿が脳内に浮かび上がり、俺は即座にその考えを撤回した。

やっぱラティファが良いかな。あはは……

「脅しじゃありませんよ殿下！　今日は陛下が殿下を含めた王子王女全員に召集をかけ

てるんです。殿下が起きないと言うのであれば、本当にメイド長呼びますからね！」

「……珍しいな」

毛布にくるまったまま、ちょこんと顔を出す。

こうして王子としてかれこれ一四年間生きているが、堕落し切った生活ゆえに付けられた陰のあだ名は〝クズ王子〟。

そんな俺まで召集される機会というのは、今回を含めまだ三度目だ。

「どうにも、隣国の戦況が芳しくないようで……」

「せんきょう？」

つい、素っ頓狂な声がもれた。

基本的に、庭でゆっくりする、寝る、食べる、湯船に浸かる、この四つの行為で完結している俺は、世間の情報にかなり疎い。隣国が戦争中なんて事も、今初めて知った程だ。

「……殿下。私の言いたい事、分かりますよね？」

「……わ、分からない。こ、困ったなあ……皆目見当がつかないやあ」

「はあぁぁァ……」

それはそれは、大きなため息だった。

だって仕方ないじゃん。興味ないし、隣国なんて俺からしてみればどうでもいいし。

「あのですね殿下。お隣のアフィリス王国と我が国は、古くから親交があるのは流石にご存知ですよね」

「あの勝気な王女がいる国だろ。兄上に勝負を挑もうとしていたあのイノシシみたいな王女。俺が参加したパーティーは少ないからな。小さい頃の事だが覚えている」

そう言ったところで、ラティファの顔がずいっと俺の目の前に現れる。

「間違っても！　隣国の王女殿下をイノシシなどと言わないように‼」

「じ、じゃあ猪突猛進な王女って事で……」

「変わってませんよ！！！」

「えええええ……」

「ため息吐きたいのはこっちです、もう……」

がっくりと肩を落とすラティファ。

だって仕方ないじゃん。

剣はどういうものなのか。

どういうものが付き纏うものなのか。

それを理解せずにひたすら直進するようなヤツを、どう言い表せばいいのやら。イノシシと形容したのも褒めてもらいたいくらいだってのに。

先生なら間違いなく、死を運ぶ〝死神〟だって言っただろうな。何故なら俺もそう思うから。先生の思考と俺の思考はかなり酷似していた。俺の自慢の一つだ。

「まあ、隣国が大変な事になってるのは分かった。でもなんで俺まで呼び出すんだ？　王子王女なんて不必要だろ絶対。特に俺とか」

「それはですね」

母親が出来の悪い子供に言い含めるように、ラティファは仕方なさそうに口を開く。

「我が国とアフィリス王国の間で――」

「失礼します」

ガチャリと。

まるで計ったかのようなタイミングで、聞き覚えのある声が響く。

「ラティファ、後は任せた」

俺はくるまっていた毛布を脱ぎ捨て、慌てて窓へと向かう。

その間〇・二秒。

施錠された窓を開錠――する前に、部屋のドアが押し開けられた。

「お迎えに上がりました、殿下」

現れたのは、ラティファと同じメイド服を着た女性。

相貌を見る限り、二四歳のラティファよりも若い印象を受ける。

「出たな年齢詐欺妖怪ババア‼」

「女性に対する言葉遣いではありませんね。ちなみに、窓の鍵には細工をさせて頂いてい

ます」

「開かねえし‼　くそ‼　昨日まで開いてただろちくしょうが！！！」

「まだ時間もあります。少し、教育をしましょうか」

「怖えよ‼　ちょ、ラティファ助けろ‼　俺の世話役だろ‼　ここで役に立つんだラティファ‼」

「微力ながら協力させて頂きます、メイド長」

「あらあら、ではお願いしますね」

「裏切るの早ええよ‼」

彼女こそは、俺の苦手な相手の一人。

メイド長こと、フェリ・フォン・ユグスティヌ。

周囲の者からはフェリさんか、メイド長と呼ばれているエルフだ。

メイド長との出会いは遡ること八年前。人混みが嫌だからと常日頃パーティーへの参加を避けていた俺に、一人のメイドが話しかけてきた事から始まる。

メイド服を着た少女が道に迷ってしまい、パーティー会場に辿り着けなくなったと尋ねてきたので、俺は仕方なくパーティー会場に向かったのだ。

純粋無垢に映ったその少女が、実は俺をパーティー会場に連れていこうと画策した者の一人とは、つゆ程も思っていなかった。

謀が俺にバレた時の、てへっとはにかんだ少女の顔は、今でも忘れられない。

当時は、可愛くて少しおっちょこちょいな少女のする事だ、目を瞑ろうと思った。

が、蓋を開けてみれば、実際は一〇〇歳近いババアなのだという。

俺はその日から、メイドという生き物全てを信じられなくなった。

そんな回想をしている間に、俺はガッチリとラティファに拘束されていた。

よし、やっぱりコイツは世話役から外してもらおう。忠誠心のカケラもねえよコイツ。

「そうですね、まずは私の事はフェリお姉さんと呼んでもらいましょうか」

「誰が呼ぶかババア」

「ふんっ」

バシンッといい音をさせるビンタが掛け声と共に飛んできた。

「いったあああああ⁉⁉」

「最近は聞き間違いが多くて不便です。さ、気を取り直してどうぞ」

「それは歳のせいだな。ババアの耳が遠くなるのは仕方ない事だぞ」

「…………」

バシ、バシンッと更に力のこもった往復ビンタがまた飛んでくる。

「ふごっ⁉」

「……もういいです。陛下への生贄に捧げましょう」

「わ、分かってるのか！　俺に手をあげたらどうなるのか‼」

　このまま生贄に捧げられるのも癪だったから、三下じみたセリフを吐き捨ててみる。仮にも俺は王子なのだ。

「殿下をお連れする際、多少の傷には目を瞑ると許可を頂いていますので、ご安心を」

「クソ親父いいいいいいいぃ！！！」

「因果応報です。ほら、行きますよ」

「待って！　オフトゥン！　俺のお布とおおおおおん！！！」

　首根っこを掴まれた俺は、必死に抵抗したものの、一〇〇年近く生きるババアの腕力には手も足も出なかったのだった。

第二話　行きたくない

「やっと来おったか、ファイ」

「来たって言うより引きずられてきただけですけどね」

　ファイ・ヘンゼ・ディストブルグ。

　それが〝クズ王子〟と名高い俺の名前であり、今しがた俺をそう呼んだ中年の男性こそ、父上にして王であるフィリプ・ヘンゼ・ディストブルグだ。

「悪態を吐く癖は相変わらずか」

父上は呆れまじりにそう言って、床に座る俺に視線を向けたまま、僅かに目を細める。

俺を連れてきた張本人はといえば、隣で直立不動に佇んでいた。

「私の教育不足です。申し訳ありません」

フェリの声は、不思議とよく響く。エルフだからだろうか。そこはいつも謎に思っていた。

「いや、フェリは十分この国に尽くしてくれている。お前を責めたくて言ったわけではないのだ。気にする必要はない」

「はっ」

「して、ファイ。お主を呼んだのは他でもない。一つ、役目を与えようと思ってな」

「役目、ですか。失礼ながら父上。この〝クズ王子〟に務まる役目があるとは到底思えないのですが」

自分で自分をけなすのは今に始まった事ではない。

ゆえに、父上が、俺の発言を気にする様子は見受けられない。

「確かにそうかもしれん」

「なら――」

「しかし、そうも言っていられない事情があるのだ。盟約を、反故にする事はできん」

「……盟約？」

「そうだ。盟約なのだ。我々ディストブルグ王家と、アフィリス王家の間で交わされた盟約。内容は、どちらかが窮地に陥った際は必ず王家の者が駆けつけるというものだ」

「ならば――」

　兄上達がいるではありませんか。

　そう俺が言う前に、父上が手で制する。

「此度の戦況はあまり芳しくはない。しかも、相手側には〝英雄〟がいるときた」

「英雄……」

　この世界では、ある一定の功績をあげ、人外の域に足を踏み入れた者を〝英雄〟と呼ぶ。

　その戦力は一人で百人力どころか万人力とまで言われる程。

　ディストブルグ王国の守りを薄くしない為、また兵糧の関係や金銭的にも、今回の援軍に割ける兵数は多くて三〇〇〇前後が現実的となる。

　国力を総動員すれば三万人は可能だろうが、今は一〇月。収穫前だ。不用意に人を割けない。

　そして、〝英雄〟がアフィリス王家の敵側にいる限り、跡継ぎである長男は出せない。

それはあまりにリスキーすぎる。

また次男である二歳上の兄上は、あまり身体が強くないので遠出には不向き。

つまり、そういう理由で俺に白羽の矢が立ったというわけである。

「ですが」

しかしそこで、はいそうですか、とは言わないのが俺という人間。

「アフィリス王家側も〝クズ王子〟の援軍を望んではいないでしょう。ここは、姉上を立てるのはどうでしょう」

「あやつは他家に降嫁する事が決まっておる。もし死んでしまった時、ファイが代わりを務められるか？」

「…………無理です」

「であればお主しかおらん。なに、死にに行けと言っているわけではない」

父上の言う事はまさしく正論。

俺が言い訳をする余地が一切見当たらない。

「気負わなくてもよい。盟約に則り、援軍に向かうだけよ。ファイが前に出て戦う必要なぞありはしない。ただ、王家の者が援軍に向かったという事実が大事なのだ」

「そう、ですね」

戦う。

その言葉を耳にした直後、俺の心に影が差した。

目をそらすように視線が下に落ち、物憂げな面持ちで思案を始めると同時、思い起こされていく。

一人の哀れな剣士の生き様が。

色濃く焼き付けられた記憶が。

ひたすらに、剣を振るい続ける事しかできなかった一人の剣士がいた。

彼は幾千幾万もの人を斬り、その血で手を塗らしながらも、戦いの果てに頂きへと登りつめた。

けれど全てを眺望できるそこに辿り着いた時、彼は独りだった。望まずして得た頂点から見える景色は、孤独一色だった。

唯一の師を失い、それでも生きる為にと剣を振り続けた剣士の末路は、はてしなく続く孤独。

己を守る為にと必死に剣を振り続けた剣士は、最期には孤独に耐え切れず、自刃して果てたのだ。

故に彼は。

俺は、剣を握る事を嫌う。

「安心せい」

俺の歯切れの悪さが不安ゆえと判断したのか、珍しく慮るように父上が言う。

「今回は側にフェリも付ける。コヤツは騎士団の上位層とも斬り結べる程の実力者よ。ファイが心配することなぞ、何もない」

「そうですか」

返事は冷淡になった。

感情がこもらない。いや、込められない。

物語に語り継がれる英雄は何人も存在する。

しかし、全ての英雄の物語が語り継がれているわけではない。

山あり谷あり。そんな物語が好まれ、特に後世にまで語り継がれるのだ。エンディングは、劇的である程に人々の記憶に強く刻まれる。

物語を語る詩人が好むのも、その劇的な部分。

語り継がれる英雄というものは、総じて非業の死を迎えている。

だが俺は、語り継がれなくたっていい。名誉なんて欲しくない。

栄光なんぞ何の価値もない。

平凡な毎日にこそ、何にも勝る幸福があるのだと俺は知っている。だから、今の俺は剣を握らない。

「俺は……」

言葉を慎重に選ぶ。

戦争と耳にした瞬間から、剣士であった頃の色褪せない記憶がチラついて仕方がない。

が、それに左右されるつもりもない。

既にそれは、過去の話だ。

今の俺は、〝クズ王子〟。それで十分。

〝クズ王子〟らしく、振る舞えばいい。ただそれだけだ。

「体裁上、向かうだけです。勝てないと判断すれば逃げますし、俺自身は武器を執って戦う事もしません。元々、武器を扱えませんし。もしかすると自分可愛さに逃げ帰ってくるやもしれません。それでも良ければ、その役目を引き受けましょう」

「……野心は芽生えんか」

少しだけ、残念そうに父上が言う。

救援に行き、窮地から救う事で、アフィリス王国の英雄になりたいとは思わないのか。

そういう意味だろう。

「ふふはっ」

笑う。

何を馬鹿な事を、と俺は笑う。

「俺は〝クズ王子〟ですよ、父上。分相応というものがあると教えてくれたのは、他でもない父上じゃないですか。俺は、ひたすら平凡な一日を迎えられればそれでいい」

そう言って、俺は立ち上がる。

「出立はいつです？　明日か、明後日、明々後日あたりですかね。メイド長を使ってまで俺を呼び出したんだ。それだけ、マズい状況なんでしょう？　俺は兎も角、向かう兵士達の数によっては、それなりに状況を覆せるかもしれないですしね」

「……可能ならば明朝にでも出立してほしい」

「分かりました。話もまとまった事ですし、俺はこれにて失礼します」

フェリを置いてその場を後にする。

「……こんな役目、押し付けちまって悪いな」

扉を開けたすぐの所で、俺に話しかけてくる青年がいた。

グレリア・ヘンゼ・ディストブルグ。

王位継承順位第一位。

次期国王と呼び声の高い、俺の兄上であった。

どうして兄上がここにいるのか。そんな疑問が生まれるも、そういえばラティファが王子王女全員に召集をと言っていたなとふと思い出す。

恐らく呼びかけに素直に応じない俺が最後で、他の兄姉は既に父上から用件を伝えられた後だったのだろう。

俺はそう自己解釈をしてから兄上へ返事をした。

「どうして兄上が謝るんですか」

「本来ならば、これはオレの役目だ。だが、父上はオレが向かう事を認めなかった」

「それはそうでしょう。兄上はこの国に欠かせないお人だ」

「だからといってお前が死んでいい人間なわけではない!!　オレは知ってる。お前が、ファイが優しいヤツだという事は」

「……随分と高評価ですね。いいんですよ、そんな取り繕おうとしなくても」

「本当に〝クズ王子〟ならば、卑下するような事は言わん……死ぬなよファイ。怖くなったら逃げ帰ってこい。オレが庇ってやる」

　俺達兄姉の中でも特に、俺とグレリア兄上の仲は良すぎる。

　俺からしてみれば、たまに相談に乗ったり、話を聞いたりしたくらいなんだが、兄上にとって相談できる相手というのは得難いものだったらしい。

　立場抜きにオレに本音をぶつけてくるヤツはお前が初めてだよ、と笑う兄上の笑顔が未だに忘れられない。

「兄上には俺が、戦争で死に花咲かせてくると言うような武人に見えましたか?」

「……く、くはは。そう、だったな。悪い、無用な心配だったな」

「伊達に〝クズ王子〟なんて呼ばれてませんから」

「お前は強いな」

「どうしてです？」

儚く笑うグレリア兄上の言葉に疑問を抱く。

俺が強い人間？　そんな馬鹿な。俺程弱く、馬鹿な人間はいないだろうに。

「オレはさ。初めての戦争では、援軍の将として参加したんだ。勝ち戦だった。けど、震えが止まらなかった」

「あぁ、そういう事ですか」

なるほどと、俺は微笑む。

グレリア兄上の震えは、当然の事だ。この上なく正しい反応だ、それは。人の死が蔓延る場所を思って震える事は、正常に他ならない。

「俺は……」

少し言葉に詰まる。

何を言うのが正解なのか、少し迷い、僅かな逡巡を経て、

「俺は、馬鹿だから。戦場がどういった所なのか分かってないんだと思います。いざその時になったら震え出しちゃうかもしれません」

俺はグレリア兄上に嘘をついた。

戦争は、闘争は、俺の記憶にこびりついている。

震えるなんて事は、あり得ない。

それ程までに、俺という人間は壊れ切っていた。

「そう、か。困った時はフェリに指示を仰ぐといい。オレも何度か世話になっていてな。腕は保証する」

「それは頼もしいですね」

「フェリを付けるからには、父上もお前を死なせたくはないんだろう。あまり責めないでやってくれ」

「責めるだなんて、そんなつもり毛頭ありませんよ」

だって俺は。

「誰かを責められるような人間じゃ、ありませんから」

救いようのない人間だという事を誰よりも、自覚しているのだから。

第三話　歓待

「ま、これが妥当だわな」

父上に役目を与えられ早一日。

飛行艇を使い、やってきたのはディストブルグから見て北東に位置する——アフィリス王国。

援軍を向かわせるという旨を書き記した書簡を父上が予め送り届けていたのか、早朝にもかかわらずその国境付近の荒地には、俺達を出迎えんとする兵士達でちょっとした人集りが生まれていた。

飛行艇が着陸するや否や、多くの兵士達が駆け寄ってきてくれたものの、こちらを取りまとめる者が〝クズ王子〟であると知った途端、目に見えて落胆の色が浮かんだ。

――グレリア殿下が来てくださっていれば。

――勝てない戦いと踏んで〝クズ王子〟を寄越したのか。

などなど。俺がいるというのに陰口があちらこちらから聞こえてくる。

盟約の下に援軍としてやってきた俺は、アフィリス王国の為に少なくとも一度は戦わなければならない。それが体裁というやつだ。

逆に言えば、一度でも戦ったなら〝クズ王子〟が長く留まるわけがない。

なら、陰口の一つや二つ、言ってしまっても問題はないだろう、というわけだ。

悲しいかな、俺としても長く留まるつもりはなかったので、ここは笑うしかない。

「……殿下」

「どうしたよ。俺に同情なんてあんたらしくもない。陰口なんざ言われ慣れてる事は知ってるだろ。今更どうも思わないさ。これは自分で蒔いた種だ。甘んじて受け入れるっての」

隣のフェリにそう言ってやる。もちろん、本心からだ。

人から向けられる悪意には以前から慣れていたし、どうこう言うつもりもない。

ただ何もなく終わりさえすれば、俺から言う事は何もないのだ。

「あんたも分かってるだろ。俺は置物だ。働くのは騎士や兵士達。彼らは、逃げる腹づもりの〝クズ王子〟より騎士達の機嫌を取って、少しでも留まってもらおうとしている。実に利己的。あそこまで目に見えてだと好感すら覚えるな」

「ですが、殿下を疎かにするなど到底許せる行為では……」

彼らも分かっているのだ。相手はかの有名な〝クズ王子〟。俺という存在はどこまでも据え置きでしかなく、まともに相手をする必要がないと、したところで意味はないと、分かっているのだ。

だからもういっそ、俺を放置してしまおう。全員が全員そんな思考をしているので、俺がぽつんと放っておかれているような状況に陥っている。

「別に気にしなくてもいい。俺は気にしてない。っていうより、興味がないからな、この国に」

「？」

「今回の件でのみの付き合いで、俺だっていざとなれば、逃げるつもりなんだ。あちら側も俺が自分可愛さにおめおめ逃げ帰るような情けない〝クズ王子〟って分かっているんだろうよ。そしてお互いにそれを理解してる。だから気をつかうだけ無駄なのさ」

「……どうして」

そう言ってフェリは顔を俯かせながら、俺の考えが心底理解できないと言わんばかりの様子で、振り絞るように、悲しそうに嘆く。彼女の表情はひどく歪んでいた。

「どうして殿下は戦おうとしないんですか……っ。それだけ、利己的に己を失わず冷静でいられるのなら、良き戦士になれるでしょう。王族でも剣を執る時代です。実際に、グレリア殿下は剣士でもあります。腕を磨いて、見返してやろうとは思わないのですか……！」

「思わない」

即答だった。

「まず前提として、俺は剣を振るう事を誉れと思っちゃいない。俺が望んでいるのはひたすら続く平和な日常だ。崇められたり、褒められたり、栄光を掴んだり、英雄になったり、国を救ったり。そういった行為は以ての外で、一切興味がないんだよ。俺の場合、〝クズ王子〟と呼ばれる事さえ受け入れれば平和な日常がやってくる。なら、俺はそれを甘受してやるさ」

それは、俺と先生を除いて誰にも理解されない考え。

剣を握り、その果てに辿り着いた場所は、ただ己が斬り殺した骸が広がり、ひたすらに無が続く孤独の一帯。

　そこに辿り着き、それを誰よりも理解した一人であるからこそ、俺は剣を握らない。

　少なくとも、真に守りたいと思えるものすらないこの地で、俺が剣を握る事は、あり得ない。

　俺はもう、剣士ではないのだから。

「考えが甘すぎます、殿下っ……!!」

「甘くて結構。だがな、剣を握れば最後。人は剣に呑まれる事しか選択肢がなくなる」

「……どういう事ですか」

「そのままさ。剣を握った瞬間、人は錯覚を起こす。まるで自分が強くなったかのような錯覚だ。それが死への第一歩。人殺しの武器を当たり前のように振るうようになればもう戻れない。後は、死へ続く道をひたすら真っ直ぐ進むしかなくなる。剣を握る事を誉れとする時点で、この世界は平和から程遠いよ、本当に」

　フェリが俯く。

　だけど、俺は自分の身を案じて助言してくれた彼女を言い負かしたかったわけではない。

「この世界を生きる上では、あんたの意見の方が正しい。だけど、戦争をなくしたいのならば俺の意見の方が正しい。あんたは王家への忠誠心が高いから、仕えてる相手がどんだけ救いようのない人間でも、バカにされるとそりゃ腹も立つよな。その忠義には、いつか報いてやりたいもんだ」

本心から、そう思う。

彼女は数十年とディストブルグ王家に仕える忠臣の一人だ。ディストブルグ王家の者ならば、どんなカタチであれ、その忠義には報いなければいけないだろう。

「では、殿下。剣を執りましょう。私が必ずや殿下をディストブルグ王家の名に恥じない剣士に育ててみせますので‼」

「すまないが、それだけは勘弁」

「むむ……」

訂正。

可能な限り、報いてやりたいと思う……

「そら、こうしてる間にやっとお出ましか」

動きにくそうな煌びやかな衣装でなく、戦乙女のような身軽な格好で、こちらへ向かってくる一人の女性を見据えながら俺は言う。

「メフィア・ツヴァイ・アフィリス王女殿下……」

彼女の顔に浮かぶ隠しきれない疲労を慮ってか、フェリの声に込められた感情は少し沈んでいた。

「お久しぶりね、八年振りかしら。ファイ王子」

「俺としては、部屋でゆっくりしていたかったんだけどな。グレリア兄上が行けないって事で俺が代わりに来た。別に気にしないぞ？　なんでグレリア兄上じゃないんだって喚いてもよ」

「喚けばグレリア王子殿下が来てくれるのかしら」

「来ると思うか？」

「……はぁ。無駄に時間を使わせないで。本当にマズい状況なの。悪いけど、今から戦線に加わってもらうわ」

これ以上の会話は必要ないとばかりに、メフィアは俺から視線を外す。その視線の先には俺達が連れてきた兵士達、総勢三〇〇〇。

メフィアは彼らに向けて声を張り上げる。

「今、城の西から敵軍が迫っています。あなた達には今からそちらに向かってもらうわ！その為に、一時的に私の指揮下に入ってもらう。異論はないわね？」

ぎろりと威圧の込もった視線を向けられる。

俺の身の安全が保証されなくなるからと、断わられないように。そんな考えの表れだったんだろうが、生憎と殺意を向けられるのには慣れている。暖簾に腕押しだ。

だけれど、断る理由もなかったので、俺は分かったと頷く。

「だが、フェリは俺の護衛だ。フェリだけは俺の側に置いておく。それで構わないか？」

「構わないわ」

「そりゃどーも」

俺にとって、守りたいヤツは俺自身とフェリくらいだ。それに、一人ぐらいであれば剣を握らずとも十分逃し切れる。

フェリは苦手な人物ではあるが、嫌いな人物ではない。〝クズ王子〟な俺でも見捨てないでくれている大切な臣下の一人だ。

手からこぼれ落ちさせたくないならば、手元に置いておくに限る。先生の教えだ。

前世では守るヤツどころか、知人すら両の手の指の数よりも少なく、その言葉を実践する事はなかったが。

「別に、一人じゃなくて五人くらい側に置いても構わないのよ？」

「いや、メイド長……フェリだけでいい」

「あら、そう」

飛行艇の中で、散々、〝クズ王子〟だなんだと陰口を叩いてきたようなヤツらを側に置く気にはなれないし、俺は元々、側に人を置かない人間だ。

メフィアは俺が自分の保全の為にフェリを側に置くと思ったんだろうが、あえてそれは訂正しない。

〝恐怖〟なんてモノは、随分前に捨ててきた。俺がそう言ったとしても、その言葉を信じるヤツは俺と先生くらいだろうから。

騎士達に作戦内容が伝えられていく中、俺はメフィアに声をかけた。

「実際問題、戦況はどうなんだ。言葉を濁すなよ。それを話す事は、一応でも援軍に来た者に対する礼儀だ」

「戦況自体は、まだそこまで悪くないわ。でも」

そこでメフィアは言葉に詰まる。

いや、言わんとする事は俺でも理解できた。

「〝英雄〟、か」

「そう、それが問題なのよ」

一人いれば万人力。二人いれば国が落ちると言われる〝英雄〟という存在。

彼らがいるという事実だけで相手の兵士の士気は上がり、こちらの士気は下がる。まさに理不尽の塊だ。

「実際、見たから分かるの」

何かを悟った様子で。

「英雄には、勝てない」

彼女は、そう断言した。

「驚いた」

「全然、驚いたようには見えないけど、なんで驚いたの？」

「いや、なに。猪突猛進なメフィア王女殿下が勝てないと断言するなんてな、と思って」

「相対すれば分かるわ。あれはもう、人間じゃない」

別に俺は、メフィアという人間に興味はない。

だが、敵わないと思った程度で諦めるような人間だったかと、俺の記憶に残る彼女と今の彼女を比べた時、言葉にし難い違和感に襲われた。

「そうか」

これ以上、話す事は何もない。

俺はここで話を切った。

人という生き物は、希望に、奇跡に縋る。

それは信仰というカタチで表れたりする。奇跡なるものがあると信じている者は多い。

だが、大半の人間は、それが自分の力では起こせないと断定してしまっている。神のような形而上の存在にしか実現は不可能、と決めつけてしまっている。

しかし以前の世界では、敵わないと悟って尚、挑む者が大半を占めていた。

一矢報いてやるのだと、手をもがれ、胸に穴が空いていても、身体が動く限り、殺す手を休めない。そうして、奇跡を体現していた。

俺も、その一人だった。

女だから。そんな事は戦いにおいて、瑣末でしかない。

どんな逆境にあったとしても、諦めない心を持つ者だけが奇跡に恵まれる。

その事実を知る俺だからこそ、早々に勝てないと決めつけてしまうのは如何なものなのかとふと思ってしまった。まだ身体は動くだろうにと、そんな血腥い感想を抱いてしまった。

「そうだ、ファイ王子。貴方、戦えるの？」

「戦えると思うか？」

「……不要な問答をさせないで」

「戦えねぇよ。というより、戦う気がない」

「物は言いようね」

「おいおい、どう見たって負け戦だってのにやる気に満ち溢れてるヤツがいたら、そいつは異常者か、余程の自信過剰だな」

「……貴方、今なんて言った？」

空気に緊張が走る。

怒っているという事は理解ができる。

が、俺は事実を言ったに過ぎない。罪悪感は一切なく、もう一度言う事に躊躇いはなかった。

「負け戦だって言った」

「貴方という人は……っ‼」

女性とは思えない力で胸倉を掴まれる。

周りがなんだなんだとこちらに視線を向けてくるが、俺はお構いなしに言ってやる。

「指揮官が打ちのめされてる時点でこの戦いは勝てねえよ。あんたらの疲労具合から、優勢でない事は俺にも分かる。それに俺は、あんたらと心中しに来たわけじゃねえ。悪いが、一戦交えたら帰らせてもらう」

「勝てそうにないからって、親交ある国を見捨てて帰るっていうの⁉　連れてきた部隊が壊滅したわけでもないのに⁉　ふざけないで！！！」

これでも俺は一国の王子という立場だ。

普段はクズ王子と呼ばれてはいるが、いざという時に限っては親交を重んじる変わった性格をしているとでも、彼女は思っていたのだろうか。

「じゃあなんだ。あんたは俺にアフィリス王国に骨を埋めろと言いたいのか？」

「そんな事は言ってないわよ……っ」

「はっきり言えばいいだろ。兵だけは置いていってくれってな。別に俺は、兵の中にアフィリス王国に残って骨を埋めたいという変わり者がいるならば、無理に止めはしないが……」

そう言って、連れてきた兵士に目をやると、皆があからさまに目を背ける。

「と、いうわけだ。一応、アフィリス王国の国王にも伝えに行く」

「軟禁されても知らないわよ」

「もちろん言葉は選ぶ。だが、俺が軟禁された時点で、この兵達は裏切るかもしれない不安要素に変わってしまう。そんなものを懐に抱えられる程、アフィリス王国に余裕があるとは思えないな」

「裏切れば王子を殺すと言ったら？」

「〝クズ王子〟に価値があるとでも？　残念ながら毛程もねえよ」

今から西方面の救援に向かう。

そしてそれが終われば王との対面。

その次の日の早朝に、俺達はディストブルグ王国に帰るというわけだ。

援軍に向かった部隊は数ヶ月留まるのが常であるが、別に一日だとしても救援に向かった事実は事実だ。盟約に背く事にはなり得ない。

「今の状況について詳しく教えろ」

「……ひと月以上前から籠城を続けているわ。食料や兵士達の疲弊具合からして、一刻の猶予もないわね」

「どうしてそうなるまで放っておいた」

「ある戦線のせいで、身動きがとれなかったのよ……」

眉根を寄せ、苦虫を噛み潰したような表情のメフィアの口から、言葉が絞り出される。

その様子から、そちらも芳しい結果でなかった事は、容易に想像できた。けれど俺は構わず質問を続ける。

「ちなみにそこはどうなった」

「〝英雄〟の手によって散々に荒らされて兵の大部分を失った挙句、惨敗よ。そのおかげで私も休む暇がないわ」

「なるほど、な。ひと月もこもってるなら、相手の方もそこそこ疲労が溜まってるだろう。相手の兵数は?」

「約二〇〇〇。かなり多いわ……」

いや。相手は疲弊した二〇〇〇程の兵士。

ひと月もの間、満足な衣食住がなかった事で、精神的にも疲れが生じてるはず。対してこちらにはディストブルグから連れてきた万全の状態の兵士三〇〇〇。

まぁ、負ける事はないだろう。

俺はそう判断して、メフィアが向かおうとしていたのとは違う方向に足を向ける。

「メフィア王女。俺は今から王に挨拶に行く」

「……貴方、何考えてるの」

「もちろん、兵は置いていく。コイツらは今回に限りあんたの指揮下に入る。その代わりに一人、王城への案内役が欲しい」

「そんなに我が身が大事？」

「何を勘違いしてるかは知らんが、高確率で勝てる戦いに、俺という置物はいらんだろう。元より、俺は戦う気がない。兵士もメフィア王女の指揮下に置く。だというのに俺が必要か？」

「それは……」

「俺には俺の役目がある。それを果たすだけだ。さ、案内人を一人、寄越してくれるか」

俺に対して散々陰口を叩いていた兵士の連中であるが、俺の身を案じたグレリア兄上の厚意により、騎士団の連中が何人か交じっている。

騎士団所属の連中は精鋭。疲弊した二〇〇〇の兵士ごときに後れはとらない。

「……分かったわ」

「時間は無駄にできない。賢明な判断だ」

こうして俺は、フェリと案内役の一人を伴って、王城へ足を運ぶ事になった。

第四話　王との会話

「どうしても、ダメか。ファイ君」

「俺が死んで困るのはアフィリス王国側ですよ。それでも留まらせたい程に、状況はマズいですか……」

アフィリス王国現国王。

レリック・ツヴァイ・アフィリス。

訳あって少し付き合いのあった俺とレリック国王との会話は、叔父と甥のもののようであり、お互いが相手を気遣うように言葉を選んでいた。

「マズい。ひと月以上前の戦闘で、〝英雄〟の手によって兵の大部分が失われ、兵は少しでも多く欲しいのが現状なんだ……っ」

「やめてくださいレリックさん。そんな言い方、他国の王子に向けるものじゃない。足下を見られますよ……」

「そうしてでも。そうしてでもどうにかしなければならない程に追い詰められている状況だ……」

「……ですが、俺が国に帰り、父上に援軍の再構成を頼む方法が一番だと――」

思います――そう言い切る前に、レリックさんが言葉を遮る。

「それでは、時間が足りない」

「俺のようなヤツが頭であるより、国から将軍クラスを派遣してもらった方が良いに決まってる」

「普通であればその考えは正しいが、今回ばかりは頷けない」

自嘲気味にレリックさんが笑い、俯く。

「崩壊した戦線には、アフィリス王国随一の戦術家であった将軍を頭に置いていた。経験も豊富だった。しかし、その結果がこれだよ。この現状だよ」

「…………」

二の句が継げなくなる。

アフィリス王国は大国だ。そこの将軍が、愚図なわけがない。

その人が指揮して尚、歯が立たなかったとレリックさんは言う。

「私はね、ファイ君が〝クズ王子〟だなんて思った事は一度だってない」

知ってる。

そんな事は知っている。

家族や家臣を除いて、唯一俺を気にかけてくれていたのはレリックさんだけだったから。

「ファイ君はとても頭が切れる人間だ。そして自分の価値を誰よりも分かっている。ファイ君がアフィリス王国で死んでしまうとどうなるか。確かに、私達は二度とディストブルグ王家に頭が上がらなくなるかもしれない。それでも、私は君に賭けたい」

「……五日程、時間を頂けませんか」

申し訳なさそうにレリックさんが笑う。

「滞在は、一日と聞いていたが」

当初、俺はメフィア王女にも言った通り、一日しか滞在しないと言っていた。が、

「他でもないレリックさんの頼みです。数少ない知己の頼みを無下にする程〝クズ王子〟じゃあありませんよ」

レリックさんの頼みを無視はできない。

いくつものパーティーで、俺はひたすら誰とも関わる気はないというスタンスを貫いていた。

そんな中、俺に唯一、話しかけてくれたのがレリックさんだ。

はじめは鬱陶しく思っていたが、気づけばかけがえのない人になっていた。

メフィア王女にはああ言ったが、礼には礼を尽くす。

それがディストブルグ王家の家訓だ。

「本当に、あの時ファイ君に声をかけていてよかった」

「〝クズ王子〟との繋がりをよかったという物好きな人間は、レリックさんだけですね」

「君は、自分を卑下しすぎだ。もう少し、自信を持ってもおかしくない年頃だろうに」

「自信なんてものを持ってしまえば、足をすくわれて死んでしまうのがこの世界です。ならそんなもの、持たない方が良いに決まってる」

「ファイ君は、相変わらず変わった考え方をする」

「伊達に〝クズ王子〟なんて呼ばれてませんので」

　重い空気から一変。

　ははは、と笑い声が響き、場が和む。

　俺とレリックさんの関係を知るフェリも小さく笑い、ひたすら会話を聞いていた。

「少し、外を歩いてきても？　気分転換がしたくて」

「護衛は必要かな？」

「いえ、気まぐれの散歩ですので護衛は必要ありません。日暮れまでには戻ってここに顔を出しにきますのでご安心を」

「くれぐれも」

　レリックさんが言う。

「無茶だけはしないように」

　俺の性格を正しく理解する彼は、釘を刺すように言った。

それを聞いて俺は、敵わないなぁと頭をかく。

「気をつけます」

「あぁ、それでいい」

五日を使って、俺が他の戦場の状況を把握しようとしていた事を看破して尚、レリックさんは止めない。

つまるところ、俺はただ平和な日常を享受する為に動いているに過ぎない。

その上で、自分が採れる最善の手を見つける。可能ならば、レリックさんの力になれるように。

その為には、俺自身の目で見て回らなければならなかった。

「フェリ。散歩をしたい。付いてきてもらえるか」

「殿下の御心のままに」

フェリも多分、俺の考えをおおよそ理解しているだろう。

だから俺は言う。

「世話をかける」

「今更ですね」

「……それもそうだな」

確かに、俺が迷惑をかけるのは茶飯事だったか、と笑う。

「ふぅ」

ひと息。

「俺もまだまだ甘いな」

アフィリス王国側の事情を汲む必要はなかった。深入りする必要はなかった。

それでも、前世の頃から知己と呼べる者が極端に少なかったからか、彼らの頼みとなれば断れない自分がいる事に、ため息をもらす。

「人格者である事は、大事ですよ。殿下」

「時と場合によっては、な」

平和な日常を享受する上では、人格者である事が求められる。しかし、剣の世界では修羅と化さねば死んで逝く。

畜生に堕ちなければ生きてはいけない。

剣を握っていない事で、思考に甘さが入り込む余地が出来ていたのかと自責する。

「これが片付いたら長期休暇だな。部屋で質の良い睡眠を存分に取る為にも、生きて帰らなきゃならん」

「動機がくだらなすぎます……」

「なんとでも言え」

救いようがないゴミムシを見るようにフェリがジト目を向けてくるが、俺はそれを気にしない。

常日頃からゴミムシ同然の風評が立つ俺に、その攻撃は無意味である。

「それではレリックさん。俺はこれにて失礼させて頂きます」

「ああ、良い返事が聞ける事を心の底から祈っておくよ」

レリックさんと一時間程会話を交わした後、俺はフェリを伴ってその場を後にした。

第五話　忠義の騎士

「これは酷いな」

城壁の外側。

メフィア王女が惨敗したと言っていた戦場を見て、俺は呟いた。

しかしその言葉に、悔しい。悲しい。可哀想だ——そういった感情はこもっていない。

何故なら俺にとって骸の山、闘争の痕というものは然程珍しくはなく、事実をただありのまま口にしただけだからだ。

「その割に、驚いていていない気がしますが」

「気のせいだ」

とはいえ、俺の事情を十分に知らないフェリが疑問視するのも仕方のない事だった。

〝クズ王子〟と蔑まれる、やる気のないグータラ王子の俺が、かつては人の手や足であったもの、焼け爛れた何かを見て尚、冷静さを一切欠かないというのは、些か異常だろうから。

「人の死はそこら中に蔓延ってる。知らない死体一つひとつに一々感傷的になってちゃ身体がもたないのは、自明の理だろ」

「……騎士のような考え方ですね」

仲間の死に、感傷的になってはならず。最後の一人になったとしても敵を斬り殺そうとする事こそ騎士の本懐。

騎士院と呼ばれる騎士育成機関でまず初めに教えられる事である。

「騎士、ねえ」

ふと、己の手を見やる。

綺麗な肌色。

それでも俺の目には、幾千人の血で塗れているように見えた。

転生をしても尚、かつての業は消えない。

俺は、騎士なんて高尚な存在じゃない。

ただ、自分の為にと数えきれない程の人を斬り殺した、ただの、

「残念ながら、それは的外れだ」

「俺は救いようのないクズだよ。〝クズ王子〟ってのは、何一つ間違っちゃいない」

ただの人殺しだ。

「……自虐が過ぎます、殿下」

「いつか分かる日が来るかもな」

儚げに笑い、血溜まりの道を進む。

当たり前のように、俺にとって普段通りに歩く。

既に城を出て数時間が経過していた。

まず初めに被害のなさそうな場所から。

そして最後にと、今の場所を歩いている。

その際に敵兵数名と出会ってはいるものの、難なくフェリが斬り殺し、事なきを得ている。

敵の総数はおよそ五万。しかも、聞けば連合軍である可能性が生まれてきた。

その目的は、アフィリス王国にある豊富な資源。

相手側は国力の大半を注ぎ込み、〝英雄〟という鬼札すら切っている。

アフィリス王国の現状——大敗し、兵の大部分を失った先の戦場を見た上で、俺は判断を下す。

「これは、無理だな」

負傷兵を含め、アフィリス側の残存兵力は二万弱。加えて、疲弊に疲弊を重ねている。時間と共に不利になるこの現状。

〝英雄〟という存在がいなかったとしても勝てるか分からない現状に、俺はそう判断を下した。

「どうあがいてもこれは勝てん」

「……そう、ですね」

沈痛な面持ちであるが、フェリも俺と同じ意見だった。

五日くれと言った手前、それより前に帰るわけにはいかないが、残ればアフィリス王国と心中する羽目になってしまう。

それは勘弁だった。

「レリックさんには悪いが……」

俺にできるのは、亡命の段取りを組むくらいだ。

そう言おうとした俺が感じたのは、血の臭い。

辺りに漂うものとは少し異なった、濃い臭いだ。

周囲の死体や血溜まりは幾分か時間が経過しているもので、血独特の臭さは比較的薄かった。

しかし、今のものは鼻をつくようなツンとした臭い。血にあてられ、ドクンと心臓が跳ねる。

「へえ」

言葉に感情がこもる。

俺の視線の先には一つの小屋があった。

即席のもので、察するに先の戦闘にて使われていたのだろう。

まるでその小屋を守るように、一人の騎士が剣を片手に立ち尽くしていた。騎士の周りには、敵兵がざっと四〇人は転がっている。

騎士が身につけている装備は、アフィリス王国のもの。

それでも警戒して遠目に様子を見ようとするフェリを無視して、俺は騎士のもとへと歩き出す。

「殿下っ⁉」

待ってくださいと言わんばかりの叫び声が聞こえるが、気に留める事なく俺は進む。

「凄まじいな」

「……誰だ」

ギロリとこちらをねめつけてくる騎士。

久しぶりに向けられた本気の殺気は、俺を感傷に浸らせた。

「ディストブルグ王国の者と言えば分かるか」

「……盟約か」

「ご名答」
二、三、言葉を交わしたに過ぎないが、そこで気づく。
はじめは返り血かと思ったが、血だらけの騎士は、彼自身も既に致命傷(ちめいしょう)を負(お)っている。

言葉からも覇気(はき)が失われつつある。

「この敵兵は？」

「たまに来る偵察(ていさつ)兵、だ。こちらに興味を示し、殺しにきたヤツは全員斬り殺してやった」

「小屋に誰かいるのか」

彼一人ならば、王城まで逃げ切れたはずだ。

しかし、そうはしなかった。

ならば、その理由は彼が守るようにしているこの小屋にあると察せられる。

「……負傷した兵が一〇人と少し」

「守ってたのか」

「私の他にあと二人いたが、私に託(たく)して死んで逝った」

「そうか」

この騎士は、後ろにいる負傷兵を自分が守らねばならないという強い意志と気力だけで立っている。

既に致命傷すら負っている身体で、よくぞ戦ったと賞賛する他ない。

「なあ、ディストブルグ王国の者」

「何か用か」

「私はもう長くない。頼みたい事がある」

死にかけだという事は俺にも分かる。

そして頼みたい事も、おおよその見当はつく。

「姫様と、陛下の事だ」

「……」

ここで初めて、予想の範疇を超えた返答に俺は目を見開いた。

「意外だな。てっきり小屋にいる者を頼むと言われると思った」

「私達はアフィリス王家に忠誠を誓った兵士。アイツらも死ぬ覚悟は出来ているはずだ。それでも守り続けたのは、ただ良心と、せめて先の戦闘の汚名返上にと偵察兵を殺す事にした、私の都合のついでに過ぎない」

「見上げた忠誠心だな」

俺がそう言うと騎士は笑った。

彼にとっては褒め言葉だったらしい。

「盟約の下にやってきたのであれば、援軍だろう。ならば、兵を可能な限り、置いていってほしい。形勢は不利でも、長期間にわたって耐えさえすれば、相手側の資金が尽きる。アフィリス王国が勝てるとすれば、そこしかない」

「……確かにな」

だけれど。

「だが、それを聞く義理はない」

お前に心はないのかと罵られたとしても。

俺はこの国に留まる事はしないだろう。

しかし、騎士は俺がそう言う事を見抜いていたのか、困ったように苦笑いを浮かべるだけ。

「……確かに、貴方が私の頼みを聞く義理はどこにもない」

「それを分かってるなら、どうして俺に頼んだ」

「ひとえに」

殊更にゆっくりと。

「王家への忠義を果たさんが為に」

「忠義、か」

騎士はゆっくりと、腰に下げていた剣を鞘ごと抜き取り、こちらに差し出すようにして腰を折る。

「今、私が差し出せるものはこれしかないが、どうか死にゆく者の願い、聞き届けてはくれないか」

「……それはお前にとって大事な物だろう。見たところ王家の紋も刻まれている。剣は剣士にとっての命だ。どうしてそれを差し出す？」

「私が今見せられる誠意は、これが精一杯なもので……」

「下賜されたものを迷わず差し出すとはな。取り敢えず顔を上げろ、アフィリス王国の騎士」

俺は一度も頷いてはいない。

ゆえに騎士の表情は暗く、また、もう身体の限界はとうの昔に超えていたんだろう、今にも倒れそうな顔色の悪さだ。

「お前は何の為に剣を執った」

「国を守る為に。王家への忠義を尽くす為に」

「だというのに、お前は最期にこんな〝クズ〟に頭を下げて懇願しているわけだ」

「アフィリス王国の首の皮が少しでも繋がるのならば、この頭で良ければいくらでも下げてみせよう。私が頭を下げる事で、数パーセントでも存続の確率が上がったとしたなら、私は逝った者達に自慢ができる。笑って逝ける。この消えかけの命が、アフィリス王国の存続に僅かでも貢献できたと、しぶとくも生き残っていたこの命にも確かな価値があったと、感じられる」

「…………」

隣ではフェリが泣きそうな表情で俯いている。

彼女は優しい。本音を言えるのならば、少しでも、ギリギリまで留まりましょうと俺に言ってきたかもしれない。

しかし、フェリが仕えている相手はアフィリス王家ではない。

彼女が何より優先しなければならないのは、ディストブルグ王家の者だ。それが、フェリに発言を躊躇わせていた。

「はぁ……」

空を見上げて、ため息を一つ。

目の前にいる一人の騎士が、どうしようもなくダブって見える。

かつての知己の一人に。

俺を命懸けで生かしてくれた恩人に。

『最期に、人の命を救えたってこたぁ、俺の人生も捨てたもんじゃなかったって事だよなぁ？　ありがとな＊＊＊。お前には要らん十字架を背負わせちまうが、俺はそのお陰で自分の命にも価値があったんだって誇って逝ける。最後まで自己中でわりぃなあ』

どうして、コイツらは自分の命に価値を見出そうとするのだろうか。笑って逝こうとするコイツらが、俺には心底羨ましかった。

「………最後に聞かせろ」

「……ああ」

「どうすれば、笑って死ねるだろうか」

俺の言葉に、フェリが目を剥く。

やっと自覚できた自分の本心。

俺は、笑って死にたかったんだ。

あんな死に方はもう二度としたくないと。

平和に、剣を握らずに過ごしていれば笑って死ねると、俺は思っていたんだろう。

だけど、この騎士を見ているとそれが違うように思えて。

尋ねずにはいられなかった。

「人の為に、生きる事」

そう、騎士は言う。

「自分の為だけではなく、人の為に生き、尽くす事。そうする事が、笑って死ねる人生に繋がると思っている」

「だから、自分の頼みを聞けと？」

「……ははっ、バレバレか」

「あぁ、そうだな。俺でもすぐ理解した程にはバレバレだったさ。だが、その答えは間違ってない気もする」

俺の知る、笑って死んで逝ったヤツは皆、誰かの為に死んだ。そいつらの満足そうな表情は、今でも忘れられない。

「気が変わった」

騎士に向き直る。

「分かった。お前の頼み、ファイ・ヘンゼ・ディストブルグが聞き届けた」

「……驚いた。服装から高貴な者とは思っていたが、王子殿下だったとは」

「世間に轟く〝クズ王子〟の方だがな。期待はするな。だが誇れ」

二度と剣は握らないと決めていた俺の気を、僅かでも揺るがしたその一点は誇るべき事だ。

生きる為に幾万と人を斬り殺してきた人殺しに、また剣を執ろうという気まぐれを起こさせたのだから。

「あの〝クズ王子〟にやる気を出させたんだ。間違いなく大手柄だよ、お前は」

「……そうか」

「名を名乗れ。誇り高き騎士よ。お前のアフィリス王家への忠義に免じて、ファイ・ヘンゼ・ディストブルグが率いるディストブルグ王国軍は、全力を尽くそう」

「……ははっ。私はツイてるな」

「これから死ぬのに、か」

「最期の最期まで王家へ忠義を尽くせたのだ。これ以上ない幸せだよ」

ひたすらに立ち尽くしていた騎士は、ここでようやく小屋に背中をもたれさせ、ズルズルと地面に腰を下ろした。

「ログザリア。ログザリア・ボーネスト。それが私の名前だ」

「その名、俺が死ぬまで覚えておこう。ゆえに、もう眠れ。お前は十分、役目を果たした」

「……姫様と、陛下をどうか」

騎士はゆっくり、目を瞑る。

ここが彼の死地だ。それを奪う事はできない。

だから俺は静かに彼の最期を看取った。そしてそれは正しい判断であったと思う。

だってほら。

ログザリアは、笑って死んで逝ったのだから。

「清廉潔白な忠義の騎士だった」

俺はそう言って彼を担ぐ。服が血だらけになる事も厭わずに。

身体が鈍っている分、少し運ぶのに苦労はするだろうが、そうも言ってられない。

「おい！　俺を見張ってるヤツ、出てこい！　小屋の中の兵士を王城まで運べ‼」

俺がそう言うや否や、アフィリス王国の兵士であろう人間がぞろぞろと、一〇人程彼方此方から出てくる。

「気づいてたんですか殿下」

「バカ言え、フェリ。俺は生まれつき気配には聡いんだ。あれくらい気づく」

「……ログザリア殿に言った言葉、あれは本気ですか殿下」

やる気のない〝クズ王子〟。

それが俺という人間であったというのに、その人間がああ言うとは夢にも思わなかったんだろう。

だが、俺は本気だった。

「あぁ、本気だ。今回ばかりは、剣を握って人の為に戦うのも悪くないと思っているくらいだ」

第六話　剣士

「殿下ッ‼　お考え直しください！！！」

然(しか)るべき場所に安置するのでと言われ、アフィリス王国の兵士にログザリア・ボーネストの遺体を渡し終え、再び登城しようとした俺にフェリが待ったをかける。

「レリック王の前で口にしてしまえば、取り返しのつかない事となります‼　ましてや、日々鍛錬(たんれん)をこなしているわけでもない殿下が戦場に立ったとしても、骸が一つ出来上がるだけですッ！！！」

「……そうだな」

「ではどうして……」

フェリの懸念(けねん)はもっともだ。そこに反論の余地はない。

彼女達の前で、俺は一度とて剣を振るったことも、握ったこともないのだから。

でも、俺にも矜持(きょうじ)というヤツがある。

「俺はな、メイド長」

他に人がいないからと、呼称をメイド長に戻す。

「死ぬ間際に交わした約束だけは、何があろうが破らないって決めてるんだよ」

前世もそうだった。

死ぬ間際。

その時にこぼされた頼み事は、例外なく聞き届けてきた。あの地獄のような死の蔓延る世界で、それだけが唯一俺の人間らしい思考だった。

「それは、実力がある者のみが許されるものです……っ！」

「確かにそうだな」

末期の言葉を、願いを聞き届ける行為は、それ相応の力があって初めて実現される。

フェリは俺にその力はないと言う。

その判断を俺は責めはしない。

だけれど、それは間違っている。

「だが」

殊更に言葉を区切る。

幸い、ここは城を囲う壁のすぐ側。

戦火に巻きこまれまいと人は遠くに避難しており、人気はない。

ここなら問題はないだろう。

「誰が、いつ、本当に剣を振るえないと言ったよ？」

笑う。破顔う。嗤う。

口角を吊り上げて、不気味に嗤う。

急に渦巻き始めた雰囲気が、普段のファイ・ヘンゼ・ディストブルグと違いすぎたからか、愕然とした様子でフェリは口を開いた。

「殿下、貴方は……」

「無駄な問答はよそう。剣を抜けフェリ。あんたには剣で証明するのが一番だろ?」

部下の間違いを正すことが、上司の役割なればこそ、俺はフェリの間違いを正さなければならない。

俺の右手には、いつの間にか漆黒に塗りたくられたひと振りの剣が握られていた。

血統技能。

前世では魔法なんてものは存在しておらず、人知を超えた力といえば全てこの、血統技能によるものだった。

基本的に、使える血統技能は一人一つ。

能力は両親の血統に左右され、唯一無二の血統技能が天から授けられる。

今生では、そんな血統技能も魔法として扱われてしまうだろうが、俺にとってこの〝影剣〟はあくまでもどこまでも血統技能であった。

己の影を利用し、剣を創り出すというスキル。

ただただ、単純。ゆえに、恐ろしく強くもあった。

影が濃い程その効力は強くなり、薄くなる程弱くなる。

今は夕暮れ。効力としては弱い方になる。

「それに」

俺は本心から言う。

「剣をもう一度だけ振るおうと決めた時、誰よりも先にあんたに俺の剣を見せるつもりだった」

「私に、ですか……？」

「あぁ、あんたに、だ」

肝心(かんじん)のフェリは首を傾(かし)げている。

「だって、あんたは王家の為ならその命を投げ出すようなヤツだろうが。それがたとえ、〝クズ王子〟の為だろうと。だから俺は、メイドに守られるようなヤツじゃないと言っておきたかった。証明しておきたかった」

俺の為ならば、王家の為ならば、喜んで死ぬようなヤツだ。

だから、その思考に歯止めをかけたかった。

「俺があんたに守られるんじゃない。俺があんたを守ってやるんだ」

「っ……」

普段はおちゃらけた態度で一貫していた俺がまともに受け答えをしているからか、フェリの調子もいつもとは異なっている。

「俺を戦場に立たせたくないなら、ここで止めてみせろ。ああ、手加減だけはするなよ」

俺が〝クズ王子〟と呼ばれ始めた所以である堕落した生活。

その中心たる睡眠の異様な長さ。

俺が手を抜くなと言った理由はそこにある。

つまるところ、俺は前世を引きずり続けていた。

それは夢として現れ、過去の記憶を明晰夢としてひたすら追憶し続けていたのだ。

そこには、大切だった人の死や自分の死にかけた瞬間なども含まれる為、本来であれば魘されたりするはずなのだが、俺は違った。あまりに精神が壊れすぎていて魘されないのだ。

心に、もう響かなくなっているのだ。

それゆえに、他者からの同情はなく、ただ堕落していると思われていた。

しかし、その多くの睡眠の中で、俺自身はひたすら剣を握っていた。振っていた。

過去を追憶するように。

だから俺は、手加減はするなと言う。

身体こそ前世に遠く及ばないが、技術だけでいえば前世と相違ない。

少し身体に負担をかけてしまうデメリットさえ受け入れてしまえば――

「だってほら」

俺は優しく諭す。

前世で磨いた技術を使って急接近し、驚いた表情のフェリを見詰めながら。

「手加減なんてされると、一瞬で終わるからさ」

「い、いつの間に⁉」

――縮地。

武の極致とも呼べる技術の一つ。

フェリも剣に生きる者だ。縮地なんてモノは知ってるし、すぐに理解しただろう。

だが、混乱は収まらない。

あの、〝クズ王子〟と呼ばれていた俺が、どうして縮地なんてモノを使えるのか。その一点に理解が及ばない。

フェリは慌てて後方に跳び、俺から距離を取る。流石に舐めていい相手ではないと理解したんだろう。

それを見て、俺は提案する。

「なぁ、メイド長。賭けをしないか」

「……どんなものですか」

「仮にメイド長が勝ったならば、俺はこの件から大人(おとな)しく引き下ろう。アフィリスにいる間は可能な限りメイド長の言う事を聞く。だけど、もし」

満を持して声を張り上げる。

「俺が勝った時は、メイド長も俺と一緒に強制長期休暇をしてもらう！」

「……は、はい？」

コイツ何言ってんだと呆れるフェリを置いて、言葉を続ける。

「いや、なに。父上も嘆いてたな。メイド長は一向に休もうとしてくれないと。上が休まないのだから下の者は更に休みにくいという負(ふ)の連鎖(れんさ)が出来上がっている、どうにかならないものか、と言ってるのを、たまたま盗(ぬす)み聞きしててな。ふと思い出したから言ってみた」

「ぬ、盗み聞きって……殿下、貴方って人は……」

「あ、勘違いするなよ。俺はメイド長と一緒に休暇を楽しみたいわけじゃない。俺の大事な大事な休暇を邪魔(じゃま)するメイドを、上手(うま)いこと一時的に一人排除(はいじょ)できるんじゃないか⁉という想いからの提案だからな」

「……はい、はい。そんな事分かってますって。殿下は私みたいな年増(としま)は眼中(がんちゅう)にありませんもんね」

そう言って、仕方なさそうに笑うフェリの笑顔は、いつになく自然なもので。

アフィリス王国に来るまでは、一番俺を気にかけてくれていた人物がフェリだったからか、俺は何故か血迷ったことを言ってしまった。

「いや、普通に綺麗だと思うけど」

「……はい？」

「あれ、ちょっと待って。俺今なんか変な事言わなかった？　なんか凄いアホなこと言った気がする……」

「恐らく、私の耳が聞き間違えていなければ」

「あー！！！　違うから‼　ただの聞き間違いだから‼　今日のディナーはアボカドシチューかなって言っただけだからー！！！」

そうだ。

俺はアボカドシチューを食べたいなって言っただけ。

断じて、二〇歳にギリギリ見えるか見えないか怪しいくらいの外見をした一〇〇歳近いババアを女として見たわけではない。

でも口調とかも全然歳感じさせないし、マジで一〇〇歳近いのか……？　よくよく見るとやっぱり綺麗――

「はっ⁉　危ない危ない。相手の策略にハマるところだった」

「あの、殿下が勝手に一人で喚いてただけじゃ……」

「よし、お遊びはここまでだ。俺はログザリアとの約束を果たす義務がある。残念ながら負けるわけにはいかない」

「強引に話を打ち切るんですね……ですが、私も伊達に長く剣を振っているわけではありません。普段から殆ど握ってすらいない殿下に負ける事は」

ありません。

と言う前に、俺の言葉がそれを遮った。

「『ひと振り決殺。我が心、我が身は常在戦場也』」

あれだけ荒ぶっていた思考が一瞬で晴れ、クリアになる。

俺にとっての一種のおまじない。

元は、先生の口癖だったが、それを真似しているうちに俺も言う事が癖になった。

だけど、このひと言でフェリの表情が変わった。

纏う雰囲気が、普段のメイド長からは想像し得ない程に鋭利に冴え渡るものとなっていた。

すでに腰に下げていた長剣を抜いており、先程までの躊躇っていた彼女はどこかへと消えていた。

「今生も、やっぱり世話になっちまうらしい」

闇色に染まった柄を撫でながら、話しかける。

もちろん、〝影剣〟にだ。

思い入れのあるものには意思が宿る、とよく言われる。

俺は、それは〝影剣〟にも当てはまると思っている。

「もう少し後で、存分に暴れさせてやる。だから、メイド長を傷つけたりはするなよ」

もちろん返事はない。

——でも時折、俺は〝影剣〟に意思があるのではと思ってしまうのだ。

「さ、やるか」

戦闘態勢に既に入っているフェリを見据え、俺も構える。

剣を手にしているというのに、相手を殺したくないと思ったのは、かれこれ何度目だろうか。


『ねえラティス。なんでラティスは右腕を斬られたの』

『おいおい。これは名誉の負傷ってやつだ。斬られたんじゃねえ、斬らせてやったんだよ』

前世の、幼少の頃の記憶。

ボロボロの小さな酒場で、色々あって知り合った隻腕のおっさんと俺は会話をしていた。

『……じゃあどうして斬らせたの？』

『その時は守りてえ女がいてなァ？　そいつ守る為に腕を捨てたんだよ。かぁーーー！　カッケェだろ？　好きな女の為に命張れるなんざ、俺は恵まれた男よ。そうは思わねえか？　＊＊＊』

『……思わないかな』

『はああぁぁぁぁ⁉⁉』

『だって、腕がなくなったら剣を握れないよ？　ここは戦えないヤツから死んでいく世界。俺はそう教わったよ先生に。だからラティスの考えはよく分からない。誰かの為に命を張ろうとか、思った事も考えた事もないから』

『おいおい、夢も希望もありゃしねえな』

『この世界にそんなものを望むヤツは馬鹿だって、誰もが言ってるよ』

『……はあぁぁ。つまんねえ子供もいたもんだなァ』

ラティスは酒を飲みながら俺に向き直る。

吐く息は酒臭かったけど、当時すでにその臭いには慣れていた。

『いいか。お前にも、いつかは守りたいヤツが出来る。これは間違いない。この世界のヤツらは皆、優しさに飢えてる。少し優しくされただけで俺もコロッとオチちまった。＊＊＊も多分、そうなるだろうよ。その時どうせお前も思ってるんだろうぜ。コイツだけは俺の命に代えてでも守ってみせる、ってなァ。そんなヤツにはもちろん、剣なんて向けられねえ』

『……剣を向けられない人が守りたいヤツって事？』

『あーーー、近いな。間違いじゃあない気もするが、なんだ？　＊＊＊にも剣が向けらんねえ相手がいんのかよ』

『うん、先生』

『ほほう。初恋ってわけねえ。師匠と弟子の甘酸っぱい恋路ねえ……悪くない』

ラティスは勝手に始めた妄想を肴に、酒をグビグビと呷る。

そんな中、思いもよらないところから横槍が入る。

『おい、ラティス！　＊＊＊の先生って確かアイツだ。あー、名前が思い出せねえ……けど、女じゃねえ、男だ』

『ブーーーーッ』

『うわ、きったねえ、飛ばすなよバカ‼』

最後は、一人ぼっちだったけど。

あの世界でも、楽しい時間は確かにあった。

今なら、言ってた言葉の意味、少しは分かる気がするよ、ラティス。

俺は、フェリを斬りたくない。

こんなクズな俺でも、気にかけてくれたヤツを守ってやりたい。

あぁ、ホントだ。

俺達は、優しさに飢えてるよ、本当に。

「上手く避けろよ」

こんな事を言うのは初めてだと思いながら、俺は不敵(ふてき)に笑ってみせた。

第七話　剣帝(けんてい)

血統技能である〝影剣(スパーダ)〟。

俺はそれを今回、十全に使う気は更々(さらさら)なかった。

コレは、先生と編(あ)み出した生きる為の、人を効率よく殺す為の技が大半を占める。

そんなものをフェリには向けられない。

だから初歩の初歩である剣の創造だけに留めている。

しかし、その担(にな)い手は存命していた時には〝剣鬼(けんき)〟、死ぬ直前は〝剣帝(けんてい)〟と讃(たた)えられた者だ。

決してフェリを侮(あなど)っているわけではないが、こちらは生きる為にひたすらに剣を振り、死地に身を投じ続けた剣士。死なないように、誰にも殺されないようにと磨いてきた俺の剣が負けるところなぞ、想像すらできやしない。

「上手く避けろよ」

始めるぞという意味も込めて、俺は言う。

破顔しながら、フェリを見据える。

刹那。

ダンッ、と音を立てて地面が小さく揺れた。

剣を握る手に力を込め、腕に血管を浮き出させながら接近し、振るう。

まさしく神速の一撃。それでも、予告があったゆえに、フェリはその一撃を確かに捉えていた。

「直線的すぎます……ッ‼」

そして迎え撃とうと試みる。

何の変哲もない、袈裟懸けに振るわれる一撃。

それをフェリは直線的と言う。

確かにこの一撃は直線的であるが、俺ははじめ「上手く避けろよ」と言った。その意味をフェリは考えるべきだった。

「あッ、ぐッ⁉」

響く鈍い金属音。

苦悶の声をもらしたのは、

「重、すぎるッ⁉」

フェリだった。

体重を乗せ、培った技術をそのままただの一撃として体現している。

仮にも、名を馳せていた剣士の一撃だ。打ち合いは数秒とて持たず、衝撃に耐え切れずにフェリの剣が弾かれる。

俺は流れるようにそのままくるりと身体を捻り、

「吹っ飛べ」

彼女の腹部目がけて回し蹴りを叩き込む。

体勢の崩れたフェリになす術はなく、そのままもろに受けてしまい、砂を巻き上げながら後方へ勢いよく吹き飛んでいく。

追撃は、しない。

それでも、昂ぶる心臓の脈動が、追撃をしろと、もっと剣を振れと言っているようで、五月蠅い。

「弊害だなこれは……」

薄々気づいてはいた。

前世では常に剣を振り、今生では夢にまで侵食をしてきていたのだ。

剣を握れば最後、自分を抑え切れないかもしれない――そんな考えを巡らせている間に、ガラガラと音を立てながら、砂煙が舞う瓦礫の中からフェリが身体を起こす。

「……ゴホッ、ゴホッ」

彼女は咳き込み、手で砂煙を払いながら立ち上がり、こちらに向かって歩き始めた。

「こんな実力を隠していたとは……」

「だからいつも付け加えてるだろ？　剣を振る気がない、と」

「眠れる獅子だった、というわけですか。ですが、腑に落ちませんね」

剣が己の手から離れた時点で、フェリは自分の負けを認めている。もうやる気は見受けられない。

「それ程の実力があれば〝クズ王子〟なんて呼び名が付くこともなかったでしょう!?　それに、縁談だって何度も断られるような事はなかったはずです！　ご自身の価値を貶めてまで、隠し通すような事だったんですか!?」

コイツは、フェリは俺が〝クズ王子〟と呼ばれるだけのクズっぷりを発揮するのを実際に見ていながら、その呼び名に心を痛めていた。

見返そうなんて言ってくるようなヤツだ。この憤りはもっともなのかもしれない。

だが、俺は決してそうはしなかった。

「言ったよな。俺は剣を振るう事を誉れと思っちゃいないって」

「……ええ。そうでしたね」

「俺は剣を振るう気はなかった。もし、剣で俺が認められたら、その瞬間、俺は剣を振るう事でしか認められなくなる。俺はな、本当に大事な時に剣を振るえればそれでいい。生きる為に剣を振るっても、その先に待つのは破滅だ」

「……殿下、貴方どこまで――」

そこでぴたりと、言葉が止まった。

続きは喉元まで出かかっていただろうに、すんでのところでフェリはその先の言葉を紡ぐ事を拒んだ。そしてその訳は、伊達に長い付き合いではないからか、何となく理解が及んだ。

恐らくそれは、彼女なりの気遣い。

〝クズ王子〟と揶揄され続け、剣を握れない軟弱者と言われ続け、それでも尚、剣を握らなかった俺。

父上が都合した婚約さえ幾度となく遠回しに断られ続け、〝クズ王子〟の名は轟く一方。それでもひたすらに、俺は昼行灯な態度を貫き続けていた。

その理由はフェリに述べた通り、剣を握った瞬間、破滅への道を歩き始めてしまうから。

己の剣を認めてほしかった相手は既に、この世にいない。だから俺は、もう己の剣に価値を見出してていなかった。

「……いえ」

フェリは小さくかぶりを振り、本来口にしようとした発言の代わりにか、こう続ける。

「殿下。くれぐれも、死ぬ、なんて事だけはしないでください」

それはどこまでも、彼女らしい言葉だった。

もう、どうやっても俺を止められないと分かっているのだろう。だから案ずる。せめて、という想いを詰め込めるだけ詰め込んで。

「もし殿下が死んだら、私も後を追いますから。そこで、説教です」

迷わず言ってのけるフェリを俺は、死なせたくないと思った。

守ってやりたいと思った。

恋とか、そんなものは分からないけど、俺はフェリには死んでほしくないと思ってしまった。

「死なねえよ。だって俺を殺せるのは俺か、先生くらいだからな」

「先生、ですか」

「あぁ、先生だ。最期まで格好いい人だった、俺の憧れだ」

「そうですか」

そう言ってフェリは微笑む。

誰の事かは分からずとも、先生と俺の思い出に口を出すのは無粋と思ったのだろう。

「さて、日が暮れる前に城に戻るとするか」

あと、一時間もすれば日は落ちるだろう。

夜は何かと、〝影剣〟も本領を発揮しにくい。

「そうですね。戻りましょうか」

空に点在する暗雲は静かに、俺達を見下ろしている。

決戦は、すぐそこまで迫っていた。

第八話　死に場所

月光の下、アフィリス王のレリックさんから与えられた個室で目を覚ました俺は、窓から顔を出す。

「生きる時代も、場所も、身体すら変わってしまっても尚、空だけは変わらないな」

夜に目覚める事は今まで一切なかったので、夜の景色が中々に珍しい。アフィリス王国に来てからというもの感傷に浸る事ばかりだと、俺は苦笑いする。

フェリを伴って王城に帰るや否や、レリックさんに頼み込み、人払いをした上で申し伝えた『ディストブルグ王国がアフィリス王国に軍を残す際の条件』。その時のことを思い返した。

『条件は三つ。まず、メフィア王女が身につけているネックレスの魔道具。それをアフィリス王国に滞在する間、ファイ・ヘンゼ・ディストブルグに貸し与える事』

状況が状況だけあって、人払いを頼んだものの、周りがそれを許さなかった。数人の護衛を伴う事は許容したので、レリックさんの近くには護衛が三人控えている。

その護衛達が、俺の出した一つ目の条件に目を剥く。

メフィア王女がつけているそのアクセサリーは魔道具と呼ばれるものだ。主に成人をしていない人間がつけ、身体能力を成人時と同様、もしくは近いものへと向上させる、かなり値が張る逸品である。

それを貸し与える事自体は、彼らにとってそこまでマイナスには働かない。魔道具とはいえ所詮一つ。高が知れている。

しかし、それを〝クズ王子〟が求めるとなれば話は変わる。

お前が身につけて何になると言うのか。

それが彼らの心の声だった。

『次に、アフィリス王国に滞在する間、俺に貸し与えた部屋に絶対に入らないでほしい。

入っても構わないが、その際は命の保証ができない。仮に俺の部屋に入った人間が死んでしまったとしても、俺を罪に問わない事。それが二つ目』

金銭か、もしくは政治的な何かを求めてくると思っていたらしいレリックとその護衛は、あまりにおかしな条件に、眉をひそめた。

つまり、俺の部屋に入らなければいいだけの話なのだ。

そんな事ならと、彼らは二つ目の条件はすぐさま受け入れる。

『最後に三つ目。たとえこの戦争がどんな終わりを迎えたとしても、ファイ・ヘンゼ・ディストブルグを決して讃えるな。どうしても讃えたいのならば、俺を除いた人間にする事。加えて、ファイ・ヘンゼ・ディストブルグに対する政治的干渉(かんしょう)も禁じてもらう。なに、今まで通り〝クズ王子〟として扱ってくれればそれでいい。どうだろうか。これら全てを呑めるなら、アフィリス王国の為に我々は全力を尽くそう』

俺は、平和に生きられればそれでいい。

大事と思えた人を守れればそれでいい。

だから生きる為に剣を振るう事は、もうしない。

俺は俺自身の剣に絶対の自信を持っている。

何せ、先生に教えてもらった剣だ。

負けていいのは先生にだけ。他の有象無象(うぞうむぞう)に負ける気は更々なかった。

その条件で構わない——そう言おうとし、頭を下げようとするレリックさんを、俺は制止する。

『俺みたいな〝クズ王子〟に頭を下げる必要はない。もし、どうしても頭を下げたいというのならば、俺の心を動かしたログザリア・ボーネストという騎士の墓の前ででもやってほしい』

いたずらに笑う。

『だがまあ、所詮は〝クズ王子〟の大見得切り(おおみえき)だ。過度(かど)な期待はしないでくれよ』

この戦場において不安要素は〝英雄〟の存在のみ。

どこまで強いのかは知らないが、一人で一万の軍と戦えるとまで言われる程だ。

俺の〝影剣(スパーダ)〟は初見殺し(しょけんごろ)。戦闘開始早々、腕の一、二本も斬り飛ばせば問題はないだろう。それでも無理なら、時間を稼い(かせ)で疲労を誘うか。

なんて考えながら、その場を後にしたのだった。

「死ねば、先生達に会えると信じて疑(うたが)ってなかった」

これは本音だ。

実は、前世の俺は孤独に耐え切れず、俺よりも先に逝った者達に会いたくて自刃した。

でも——

「だが、結果はこれだ。自分で命を絶った罰と言わんばかりに、また違う生を歩む羽目になった」

新たな生だ。

どうせなら、前世の記憶を消してほしかった。

それならば、まだ楽しく生きられただろうに。

何も疑問に思う事なく剣を振るえただろうに。

しかし、剣を振るい続ければどうなるかを覚えているというのに、俺はまた剣を振るおうとしている。

前世からそうだった。

みんな、俺に託して死んで逝きやがる。

託された者がどんな気持ちか、分からない彼らではないというのに。

でも、託して逝く。そして笑うのだ。

最期にはみんな、よかった、と。

後悔する事なく死んで逝くのだ。

「俺も、先生達みたいに死にたかった。誰かを守って、達成感に浸りながら死にたかった」

つまるところ。

俺という人間は平和を求めていながら、この新たな生からの解放も求めている。

結局、俺は笑って死にたいのだ。

剣を握るならば、自分の死に場所を求めてしまう。

俺の願望は平和な生であり、それが叶わないのであれば、憧れた人間達のように死にたい。

誰かを守り、その先で果てたいという想いが強かった。

「なぁ、〝英雄〟。お前は、俺を殺せるか」

誰もいない夜に向かって、俺はそう、問いかけた。

第九話　強襲(きょうしゅう)

「殿下ッ‼　殿下ッ‼　起きてください殿下ッ！！！」

朝からドタバタと忙(せわ)しなく足音が其処彼処(そこかしこ)から聞こえてくる。

ドア越しにフェリの怒鳴(どな)り声(ごえ)も響いてきた。

それでも部屋から出ようとしない俺の腰には、前世同様、〝影剣(スパーダ)〟で創造したひと振りの剣があった。鞘も、柄も、刃も全てが影色。

「まぁ、そう急き立て(せた)るな」

不測の事態の時程、普段通りに。冷静に。そう努(つと)める俺はゆっくりと立ち上がり、ドアへと向かう。

ガチャリと音を立てながらドアを引き開けると同時、目の前で叫んでいたフェリと目が合う。

「昨晩はよく眠れたか」

彼女の気を紛(まぎ)らわそうと、俺はそう問いかけるが、

「…………」

返答は一向にない。

目を点にしてこちらを見つめてくるだけだ。

「何か俺の顔についてるか」

「い、いえ。そういう事では……」

フェリの視線は俺、というよりも腰に佩(は)いた剣と、剣を含めた俺に向けられていた。

「ただ」

「ただ？」

「あまりに剣が似合っていたので、つい」

「……なんだそれ」

フェリのよく分からない返事に眉をひそめるも、ひとまず話を進める事にする。

「まあ、いい。それより、あんだけ叫ぶって事は何かあったんだろ。俺はどこへ向かえばいい」

「アフィリス王が、今後について話したいとのことです」

「敵国が進軍でもしてきたか」

面白そうに笑う。

昨日の強襲は結局戦闘には発展せず、メフィア率いるディストリア軍は万全のままである。

とはいえ、今のアフィリス王国は俺から見ても明らかに弱り、疲弊している。その好機に一気に攻め込む、というのは当たり前の選択肢であり、俺でもそうしただろうという共感から来る笑みであった。

「……御察しの通りです。物見からの情報では、二万と五〇〇〇の軍勢が二手に分かれてここへ向かってきていると……」

「多いな。勝敗を決しに来たか」

「降伏の勧告はあったようですが、あまりの条件の多さにアフィリス王は受け入れられない、と」

「そんなもんは形式だけだろ。アイツらは、一応私達は人の命を大事にしている、って体裁が欲しいのさ。本音では根こそぎアフィリス王国の利権や資源を頂くつもりさ」

　先生は剣士でもあり、戦術家でもあった。

　そんな彼から教えを受けた俺も、戦術家と言えるくらいにはなっている。だからこそ、やるべき事はなんとなく分かる。

「確か城門は二つあったな。物見からの情報は既に伝わってるんだろ。〝英雄〟はどっちにいる？」

「……いえ、そこまではまだ現時点ではなんとも……」

「なら質問を変える。向かってくる兵が多い方はどっちだ」

「……西です」

「なら俺達は西側に向かう。アフィリス王には後詰を用意しておけと伝えろ。それと、指揮官はメフィアでなくていいとも伝えておけ」

　今の俺に、信頼はカケラもないはずだ。

　総勢約二万五千。半分に割っても、俺が自国から連れてきた兵士の四倍以上。

　だから定石の戦法を使おうものならば、間違いなくこちらの勝ち目は消える。

　圧倒的な劣勢を覆す為には、この戦争に勝つ為にはどうしても、質で数を上回る必要があった。つまり、兵が多い方面を俺達で食い止める事こそが、必要不可欠であった。

　すると、まるで計ったかのようなタイミングで、不安の滲んだ声が聞こえてくる。

「死ぬ気じゃ、ないですよね殿下」

「バカ言え」

俺は面白げに笑う。

傍から見れば、ただの自殺行為に映るだろう。だからあえて、後詰はメフィアでなくていいと言った。

後詰を求めた理由としては、第一に俺に信用がないから。

後詰を出しておけば、もしもの時に対応が可能である。それはアフィリス王国側の安心感につながり、僅かではあるが戦況にも影響するだろう。

「死ぬ気なら剣なんて握らないさ。俺はベッドの上で眠るように死にたいからな」

「……そこは、死なない、と言ってください。怖くて殿下を一人にしておけなくなります」

「政略結婚にすら利用できない〝クズ王子〟をそこまで心配するのは、家族かあんたくらいだよ、本当に」

最早、フェリは自分では俺を止められないと説得は諦めている。

それでも、何があろうと生き残ってください、と。忠臣である彼女は言う。

前世では、俺という存在は悉く守られ続けてきた。

もちろん、俺自身もそれなりに戦えていたが、その当時はまだ周りの存在の強さもあって、自分が強いと認識できた事は一度とてない。

認識するに至(いた)った時には、既に目標であった彼らは誰一人としていなかった。

彼らの行動を言葉に表すならば、強き者は弱き者を助けねばならない、だろう。

「それに大丈夫。俺はもう、誰かを守る側の人間だからさ」

かつて生きた世界には、死が当たり前のように蔓延っていた。ゆえに、死なない、なぞと俺が約束や断言する事はないだろう。

しかし少なくとも、俺という人間はフェリの忠義に救われた。

それに報いる事はして然るべきだ。

たとえ予想外な事があろうとも、お前だけは生かしてみせるよ。

だから——

「安心しろ」

もう誰かに守ってもらう必要がないように。

今度は自分が他者を守れるように。

そして、地獄のような世界を生き抜く為に磨いた、剣という業(ごう)。

「たとえ相手が千だろうが万だろうが、俺の〝影剣(スパーダ)〟は全てを斬り裂く」

幾人もの想いを託され続けてきた〝影剣(スパーダ)〟に、斬れないものは一つもない。それは、自分自身でさえも。

「兵に召集をかける。アフィリス王に言伝を伝え次第、フェリも合流してくれ」

「拝命、しました……ッ」

ついに、王子として動く俺を見て感極まったのか、フェリの声はこれ以上ない程に弾んでいた。

「さぁ——始めようか」

第十話　開戦

「こんな小勢で何ができるんだか。うちの王子様はメフィア王女殿下にでも絆されたかねえ」

「さぁな。〝クズ王子〟だ〝クズ王子〟だ言われていたが、ここまでとは陛下も思ってなかっただろう。この兵数で万の兵に挑むなんてバカのする事だ。フェリさんは止められなかったのか、それとも諦めたのか。何にせよ、俺達は覚悟決めるしかねえだろう」

西の城門へと移動を始めた約三〇〇〇のディストブルグ王国軍。

それを率いるはこの俺、〝クズ王子〟ことファイ・ヘンゼ・ディストブルグ。

兵士達の士気は低く、既に配置に着いた事もあってか、諦め気味に不平不満をもらしていた。

「だがまあ、ここで俺達が死んであの王子様の目を覚まさせるのも、ありなのかもしれねえな。フェリさんがそう考えたとするなら、こんな無謀な戦いを挑む事にも合点はいく」

「……だとしたら、この馬鹿げた王子の案を受け入れたフェリさんは……」

「死ぬ気だろ。十中八九。あの人も損な役回りを引き受けたもんだ」

明らかに声を抑えていない不平不満ですら、止める者はいない。それ程までに無謀すぎるから。

しかし、それを一々気にする俺ではなかった。

本来ならば、地の理を上手く使い、敵兵を徐々に減らしていくやり方がセオリー。

しかし、それでは時間が足りなくなる可能性が生まれる。

向かってくる敵の中に〝英雄〟がいなかったら。

一人で万の兵とやり合えると言われる〝英雄〟だ。駆けつけても、間に合わないかもしれない。

ログザリア・ボーネストとの約束を違える事、それだけは避けたい。

であるならば。

俺が前に、前線に出るという選択肢しかあり得なかった。

「俺だけでいい。お前達はここで待機だ」

「なっ……！」

言い渡された命令。

驚愕したのは誰だったか。

散々、不満をもらしていた者達ですら、一瞬にして黙り込む。

「命令は以上だ」

だが、そんな事は関係ない。

俺は俺がやるべき事を理解している。

ゆえに他者の感情や意見に左右される気は、一切ない。

「お待ちくださぃ殿下」

一人の騎士が、俺の足を止めさせる。

「これはアフィリス王国の戦いです。殿下の首が飛ぼうとも、戦いは終わりません。損をするのは、殿下が死んでしまった時、仇を取らなくてはいけなくなるディストブルグ王国と、アフィリス王国だけです。それとも、寝返って自分だけ助かるおつもりですか？」

「さぁな」

小さく笑いながら、俺は再び止めていた足を動かす。

この問答は無意味だと知っているから、俺に答える気はない。

「お前達は自分達の目で見たものだけを信じればいい。それに、お前達がディストブルグ王国の兵士である限り、王家の者の命令は絶対だ。お前達に俺を止める権利はないよ」

「――お待ちください」

またも響く、今度は透き通った声。

「次はあんたか、メイド長」

聞き慣れたその声の主はフェリ・フォン・ユグスティヌ。

何かとお節介を焼くメイド長だった。

「殿下が前に出ると言うのならば、私もお伴します」

「待機と命令したが」

「陛下からファイ殿下をお守りしろと仰せつかっています。陛下の命令に背く事はディストブルグ王家に仕える者としてできかねます」

「……そうくるか」

見事にしてやられたなと思う。

フェリは頑固だが、納得をすれば物分かりは良い方だ。

しかし、父上の命令となれば最早、覆す事は叶わないだろう。

「死んでも知らんぞ」

嘘だ。

本当は、守りたいヤツだけは手元に置いておきたかった。

それでも、俺に信用はないから、フェリにも待機してもらおうと思っていた。

意図せずして自分の思い通りに進んだ事で、僅かに口角がつり上がる。それは自分自身ですらそうと分からないくらいほんの僅かに。

「その時は、運がなかったと諦めましょう」

「好きにしろ」


そうして、兵士を後ろに置いて、俺とフェリだけで城門から出る。

外は凄絶な戦闘の痕がくっきりと刻まれた荒野と化しており、疎らにちらばる折れ砕けた剣群が全てを物語っていた。

確か、アフィリス軍が〝英雄〟に惨敗した場所、だったか。

「メイド長、そこからは一歩とて動くなよ」

フェリにそう指示し、俺は数歩だけ前に出る。

扱うのは影。

決して巻き込まないようにと神経を張り巡らせる。

その拍子に、後ろでこちらの様子をうかがう兵士達の声も、僅かだが拾えてしまう。

命乞いをするつもりなんじゃないか。

やっぱり寝返る気なんじゃないか。

そんな会話だ。

ありえ得ないことを言う彼らに、くすりと笑みがこぼれる。

馬鹿なことを言う。

命乞いをするくらいなら自分で喉を掻っ斬れ、と口を酸っぱくして言っていた人を先生に持っていた俺が、命乞いをするわけがない。

もし、寝返るとしても、ログザリア・ボーネストとの約束を果たしてからだ。俺の唯一の人間らしい部分を捨てるわけにはいかない。

ふぅ、とひと息。

こちらに向かってくる無数の兵士が見えてきた。数分もしないうちに殺到するだろう。

間に合ってよかった。

「本当は、先生以外に見せたくはなかったんだが」

発言の最中、視界の端に映った複数の人影。心なし慌てているようにも見える。

何を馬鹿なことをしているのか、と無謀とも思える俺の判断にケチをつけようと、王女であるメフィアが僅かな後詰を率いてやってきていたが、兵士達が彼女を拘束してくれている。

メフィアの叫び声が聞こえてくるが、気にも留めない。

「……約束は約束だ。やるしかないか」

叶うならば。

今度は誰も失わないで済むようにと。

誰もいなくならないようにと。

孤独には、もうなりたくないという想いを込めて、腰に差していた〝影剣(スパーダ)〟を抜き、大地に突き立てた。

必死に感情を押し殺すべく、笑おうと試みたところで、懐(なつ)かしい記憶が去来(きょらい)する。

『＊＊＊に、剣は向いてない。斬る度(たび)にそんな悲しい顔を見せてどうするんだ。けれど、この世界は戦う術を持っていなければ明日にでも死んでしまう。向いている向いていないの問題ではないのも確か。だから笑うんだ。無理矢理でもいい。笑みを貼(は)り付けろ。弱い人間と思われるより、おかしなヤツと思われた方が何倍も生きやすいからさ。この世界では』

ふふはっ、と。

小さな笑みがもれる。

分かってる。

分かってるさ。

そんな事はもう何千回と言われてきた。

『＊＊＊は弱いんだから、せめて強く見せる努力をするんだね』

前世において、俺を知る人は例外なく、俺を弱いと言った。

中には俺と実力の変わらない者もいた。けれど、そんな彼らも俺を弱いと言う。心が、絶望的なまでに弱いと。生まれる世界を間違えたな、とまで言われていた。

だからせめて、カタチだけでも偽（いつわ）っておけ。この世界の住人らしく振舞っておくんだ。

そう言われた時から、俺は先生のように常に笑う事を心がけた。

その教えは、忘れない。いつまでも。

「あははっ」

この世界に来て、一度とて見せたことのなかった俺らしい笑み。

馬鹿みたいに、能天気に笑う。

ここは既に戦場だというのに、それを知らないかのように笑みを貼り付ける。

俺にとっての強者とは、常に笑える人間を指す。

笑える程に余裕がある人間を言う。

だから俺も笑う。

せめてカタチだけでも、先生達のような、強者で在れますようにと願ったあの日から、ずっと。

「あはははは」

笑みは止まらない。止めない。

人を殺す事に笑うんじゃない。

先生の教えを愚直に守り続ける己自身の素直さに笑っている。

人を殺す事に最早、何の躊躇いも持ってはいない。

ゆえに〝クズ王子〟という呼び名は自分にピッタリだと思った。

「は――――」

さぁ、終わらせよう。

これは身に剣を宿し、畜生に堕ちて尚、剣を振り続けたクズの英雄譚。

『ひと振り決殺。我が心、我が身は常在戦場也』

俺の目指した、先生のように、笑みをひたすらに浮かべる。

他者から見れば愚か者に見えるかもしれない。

おかしな人間に映るかもしれない。

それでも俺は笑い続ける。

先生の口癖だった言葉を、口にしていればいつか彼のようになれると、憧れに近づけると思いながら、俺は口にする。

「『ひと振り決殺。我が心、我が身は常在戦場也』」

想いを込めて言葉を謳(うた)う。

地面に突き刺した〝影剣(スパーダ)〟が、まるで早く斬らせろと急き立てるかのようにカタカタと震え出す。

一人、前に出た俺が向かう先は、視界を埋め尽くす程の兵士達。

それでも関係なかった。

俺と、〝影剣(スパーダ)〟を阻(はば)むものは何人たりとも許さない。

「相手が悪かったと、後悔しながら死んで逝け」

突き立てた〝影剣(スパーダ)〟に力を込める。

『なぁ＊＊＊。その血統技能、剣を創り出せるんだろう？　それも影から』

懐かしい声が聞こえてくる。

ああ、そうだよ。そうだとも。

『それって他人の影でもできる気がするんだよねぇ。相手の影から剣を生(は)やして心臓を刺して殺す、とか』

『無理だってそんなの……たとえできたとしても気力が保たないって』


当時の俺の声が返答する。

血統技能とは、使えば使う程気力が削(けず)られ、使用が過多(かた)になると気を失ってしまう。

それが血統技能のデメリットだった。


『まーたできないって言う。だから＊＊＊は弱いって言われるんだ。そろそろ自覚しな？』

『……一応、昨日も無傷で、襲ってきたヤツら全員殺したけど』

『弱い弱い。蟻(あり)を何匹殺したところで強さには関係ない。そんな事を言ってると程度が知れるよ。弱者の典型的な例だ。そうだね――』


かつての会話に微笑みながら、〝影剣(スパーダ)〟に命令を下す。

『僕に強いと言わせたいなら――』

誰よりも優しく、誰よりも厳しく、誰よりも冷酷だった先生に、届きますようにと笑いながら言う。

脳裏に浮かべる光景は、自分がかつて築いた骸の山。その再現をする為に俺は声を上げる。

「〝死せ——」

『万の兵でも、片手間に殺してみせな？　そしたら、認めてあげてもいいよ』

「——『死屍累々』〟」

瞬間、こちらに歩を進めていた兵士達の足が止まり。

「……は、？」

自分自身の影から突として生えてきた漆黒の剣に心臓部を貫かれ、吐血し出す。鎧も意味をなさずに貫かれている。

「なん、だこれ……」

自分の胸に、いきなり剣が生える。

その光景はあまりに異常すぎて。

何が起こったのかまともに理解もできないうちに、バタバタと兵士は倒れていく。

埋め尽くしていた兵の大半が倒れ、見晴らしの良くなった景色の中、唖然（あぜん）とする生き残った兵士達が俺を見つめてくる。


『ま、＊＊＊には無理だろうけどね』


「あぁ、無理だな。全然、その域には届いてない」

けれど。

「だけど、もう、できないなんて言うつもりはないさ。俺は俺らしく、生きる事にするよ。強者じゃなくていい。それでも――」

空を見上げ、言葉をこぼす。

「後悔なく死ねたのなら、次こそは会えるのかな。先生達（みんな）に」

第十一話　幻影（げんえい）

「……誰だ、アイツは」

藍色の軍服に身を包んだ男は眉根を寄せながら、悩ましげな声をもらしていた。

アフィリス王国と戦争を行なっていた国の一つ、ベレディア王国から派遣された指揮官であった男は、眼前に生み出された惨状を目にしながら言う。

「アフィリス、ではないな。服が違う」

アフィリス王国は文字通り、虫の息と言ってもいい状態だった。

そんな彼らが、あのような戦力を今の今まで温存しておくだろうか。

否。

であるならば、援軍と察しがつく。

「アフィリスと親交のある国……」

黙考。

劣勢だとしても援軍を送るような、そういった付き合いのある国……

考えている最中、昨日に見たはためく赤色の国旗が脳裏に浮かぶ。

赤を国旗に使っている国など、一つしかない。

「……そうか、ディストブルグかッ」

ディストブルグ王国とアフィリス王国は確か盟約を交わしていたはず。男の出した結論はこの上なく正しいものであったが、何かが引っかかる。

「いや、だとしてもあの国は〝英雄〟を囲ってはいなかったはず……」

あの惨状を作り出せる存在など、〝英雄〟と呼ばれる人外の域に足を踏み入れた者だけだ。

このご時世、圧倒的な力を持つ〝英雄〟という存在を破格の待遇で迎え入れる代わりに、戦争の際は助力を求める――そういった協力関係を結ぶ国は後を絶たなかった。

しかし、ディストブルグ王国は、率先して〝英雄〟を囲う事は一切しなかった。争いの火種となり得る〝英雄〟を招き入れる必要はない、と。

その先に待ち受けるのは、土地の、資源の奪い合い。

果てには、力の、〝英雄〟の奪い合いが始まる。

だからこそ、〝英雄〟という存在を拒んではいないが、進んで受け入れる気もなかったのだ。

「少し、いいですか。伯爵閣下」

そこへ、ベレディア王国での爵位で男を呼ぶ青年が一人。

「これはこれは。ラバール殿。どうかなされたか?」

ベレディア王国が侯爵家の次男、ラバール・カレンティア。

侯爵家を継ぐ権利こそないものの、伯爵閣下と呼ばれた男が敬意を払うべき相手の一人であった。

「やられた兵は……恐らく一〇〇といったところでしょう。そこはさして問題はありません。元々戦力差は激しい。今更一〇〇〇程度減らされようがこちらの勝ちは揺るがない」

「何が言いたいのかね」

「あの惨状を生み出した者の素性が問題なのです……ッ」

「ラバール殿はあの者の正体を知っていると？」

「閣下、貴方の目は節穴ですか……!!　血に塗れてこそいるものの、あの軍服は紛れもなく――――ディストブルグ王家の証!!」

「……なんだと」

驚愕に目を見開く。

兵士にしてはやけに身なりが整っていると思った。

返り血か、血に塗れてこそいるもののそれすら味となり、サマになっていた。

ゆえに見落とした。

惨状を生み出した者が高名な〝英雄〟か、それに準ずる者だと、男は無意識のうちに決めつけていたのだ。

「であれば、なんだ。あそこに立っているのは王族だとでも？」

もし仮に、ディストブルグ王国の身内に〝英雄〟に匹敵する者がいるのならば、確かに囲う必要がない。

しかも、それであれば、無駄なリスクを負う事も一切ない。

〝英雄〟とは懸念材料に他ならない。

いつ裏切るか、いつまで国に留まってくれるのか。それらは全て彼ら次第なのだから。

「でなければ説明がつきません」

「…………」

ラバールは、指揮官である男に選択を迫っていた。

もし仮に、ディストブルグ王国の王族が〝英雄〟と同様、人外の域に足を踏み入れた者だった場合、即刻対処しなければならない大問題だ。

わがままな〝英雄〟は多い。

自分は特別なんだと、自分に勝てる者はいないと、驕る者は後を絶たない。もちろん、例外もいるが、ごく少数だ。

だというのに、ディストブルグ王国は自由に〝英雄〟を動かせる。

他国の人間としては、是が非でもここで始末しなければならなかった。

「……アイツを使うか」

「英断です、閣下」

目には目を、歯には歯を。

〝英雄〟には、〝英雄〟を。

兵士達の断末魔の叫びに紛れて場違いな笑い声が絶えず聞こえてくる。
猛威を振るう剣士を止める方法はそれしかないと、眼前に広がる惨状が彼らにそう告げていた。

「殿下、貴方は……」
悲しそうに、フェリが言う。
けれど、それに構わず笑みを浮かべ、俺はひたすらに剣を振るう。
響く断末魔の叫び。
恐れ慄き、逃げ惑う兵士にすら容赦なく〝影剣〟でトドメを刺す。
己の前から逃げた戦士はいつか己の脅威になるやもしれない。
ゆえに、ひと振り決殺。
剣を持って相対したのならば、躊躇うことなく全員殺せ。
逃すな。死にたくないのならば。
修羅と化せ。生き続けていたいのならば。
全てを捨てて、畜生に堕ちてしまえ。
そう、言われて俺は育った。
血が舞う。

剣を振るうたびに鮮血(せんけつ)が、虚空(こくう)を彩(いろど)る。

「……見ていて気持ちのいいもんじゃないだろ？　辛いなら壁の中に戻っててくれ。大丈夫。誰一人通さないから」

既に、〝影剣(スパーダ)〟によって斬り殺した兵数は千をゆうに超えたかといった頃。

周囲に兵士はいなくなっていた。

残った兵士は皆、後ろに下がって距離をとり、確実に俺を仕留(しと)めようと隊を編成し直している。

戦場で話す機会は、ここが最後と思われた。

「辛くは、ないんですか」

お世辞(せじ)にも、俺という人間はよく笑う人とは言えなかった。

そんな俺があからさまに、ひたすら笑う。

それは異様な光景。

フェリは、俺が剣を握りたくないと何度も言っていた事を知るからこそ、こう尋ねたのだろう。

「さぁな」

だけれど、俺はうそぶく。

昔の俺なら、辛いと答えたかもしれない。

だが、あくまでもそれは昔ならばの話。

それらしい言葉を並べたところで、今となっては嘘の塊だ。

そんなものでフェリは納得しないだろう。

「でも」

もう握らないと。振らないと決めた剣。

だというのに、今、俺は剣を振っている。〝影剣〟を手にしている。

その理由は、誰かを守る為。

今まで散々、守られ続けてきた俺が、誰かを守る為に剣を振るっている。改めて考えてみても笑いがこみ上げてくる。

いつからそんな、俺が人を守れるような強い人間だと錯覚を始めてしまったのか、と。

だけれど、理由自体に嫌悪感はない。

むしろ好ましいとさえ思える。

だって。

「人を守る為に、俺はまた剣を握った。その行動は孤独の裏返し」

孤独は、ツライ。

孤独に苛まれたあの時は、何度も、何度も、先生達に無性に会いたくなって。

話したくなって。あの頃に戻りたくなって。

でも、現実には誰もいなくて。

それでも、頑張って生きようとして。

生きようとして。生きようとして、壊れた。

あの辛さを味わわないで済むのなら、俺は喜んで人を殺そう。

だから、悲しそうに見つめてくるなよ。

なぁ？

「何も、あんたが気負う事じゃねーよ。剣を執ったのは俺の意志。人を殺したのも俺の意志」

だから気にするなというのにもかかわらず。

時間が経つにつれて、フェリは泣きそうな顔になっていく。


『お前は、相変わらず表情が分かりやすいな』


先生の言葉が聞こえてくる。

そういえば、今俺は、笑う事を忘れていた。

「……しまった」

先生は、お前は剣を振るたびに悲しそうな顔をする、とよく言っていた。フェリにもそう見えてしまったのかもしれない。

「やっぱり」

俺がついもらしてしまった言葉を耳聡く聞き取り、だと思った、と言わんばかりにフェリは言う。

「作り笑い。お下手ですね、殿下」

「…………」

もう、何か口にすると全て墓穴を掘る事に繋がってしまいそうで閉口する。

「まぁ、なんだ……」

言いにくそうに、俺はくしゃりと髪の毛を軽くかきむしる。

「お前が思ってる程――」

俺は弱い人間じゃない。

そう言おうとしたところで、ひと筋の風が頬を撫でる。

明らかにおかしい風。

不自然すぎる現象を前に、〝影剣〟を握る俺の右手に力が込められる。

そして。

ガキンッと鈍い金属音がフェリの目の前で響いた。

「……人が話してる時は、邪魔するなって教わらなかったか？　女」

「へぇ、防ぐんだ。あれを」

見た目は二〇歳程の女。

軽装備だが、得物（えもの）は大剣。

いや、重量のある大剣だからこそ軽装備なのか。

こちらの様子を見るように、女が少し距離を取る。

「メイド長。今の見えてたか？」

「……すみません。見えませんでした」

確認したのは、先の攻撃に反応できるかという意味。

俺ですら勘（かん）で防いだレベルだ。油断していたとはいえ、危ない敵が出てきたか。

「なら大人しく城に戻れ」

言外（げんがい）に邪魔と言ってのける。

俺が十全に〝影剣（スパーダ）〟を使えるようになった時、既に周りに人はいなかった。

それゆえ、近くにいられると俺は戦いづらい。

「……分かりました」

「それを、アタシが許すとでも？」

すぐさま踵（きびす）を返そうとしたフェリに向けて、女は威圧的に言う。

「お前のしようとするその行為を、俺が許すとでも？」

意趣返しをするように俺は言ってのける。

「貴方の許可は求めてないから」

「なら、今すぐ死ね」

女と俺との距離は遠い。

近づかなければ、到底剣が届くとは思えない距離だ。

それでも。

俺の〝影剣〟に不可能はない。

「〝斬撃〟」

剣を振る。

ただそれだけの行為だったというのに。

振り終えた矢先、三日月型の斬撃のようなものが生み出され、地面を抉りながら女に飛来する。

「こんなもので……」

アタシを止められると？

などと見下した態度を取りながら、余裕綽々で避けた刹那。

「馬鹿が」

まるで未来視をしたかのようにピンポイントで、俺はその避けた先に移動し、剣を振り上げる。

「はぁっ⁉」

驚く声を無視して思い切り、剣を振り下ろした。

大剣が防御に間に合わず、鮮血が飛び散ると思われたのも一瞬。

「なんてね」

女は剣を身に受けた瞬間、まるで霧のように掻き消える。

そして何もない場所から、斬ったはずの女の声が聞こえてきた。

いや、違う。

正しくは――

「……斬った感触がない」

「それはそうでしょ。貴方が斬ったのはアタシが創った幻影。感触なんてものあるわけがない」

「お前が〝英雄〟か」

「そう、貴方に勝ち目はないの。ねぇ、大人しく死んでくれない？　王子さま」

「幻影、か……」

懐かしい響き。

以前もいた。幻影を扱うヤツは。

『幻影ってさ。ズルくない？』

『おいいいいいぃぃぃ!? おま、てめ、なに俺の血統技能をさらっと貶してんだよ。ズルくねえだろ‼ まあ確かに、てめえの先生レベルが相手になると幻影なんてあってないようなもんだけどな？ あの野郎、幻影使ってても迷わず俺本人を狙ってきやがるからな……マジアイツは人外だわ。ま、そんなわけで、ズルいと思ってる間はただ単に＊＊＊が弱すぎるって事だな』

『先生と一緒にするなよ。俺は普通なんだからさ』

『まぁ、そうだな。それはすまんかった。だが、ありえねえと思わねえか？』

『何が？』

諦め気味に、ドレッドヘアの男は言う。

『視覚に頼らず他の感覚で位置を割り当てるんだと。で、あの反応速度とか信じらんねえよ』

手に負えねえ、と白旗を振る彼であったが、俺から見れば先生もさる事ながら、ドレッドヘアの男の剣の技量は十分、常識の範疇を優に超えているように思えた。

その剣技を混ぜ込んだ幻影による攻撃。それすらも、軽く捌いてしまうという先生にはやはり、一生敵う気はしなかった。

『ま、でも、もし幻影系の血統持ちに会ったら実践してみたらどーよ。攻略法としてはかなり良い方法と俺は思うがね』


懐かしい記憶に破顔しながら、俺は目を瞑る。

女はその行為を諦念ゆえと判断したのか、しかしそれでも用心をと自分自身の姿を幻影にて隠しながら、首めがけて剣を振るってきた。

轟！　と、風を巻き込みながらの一撃。けれど、それでも。

散ったのは鮮血ではなく火花。

虚しい鉄の音が響き渡った。

「……防い、だ？」

剣を打ち合った事で、幻影によって隠されていた女の位置が露見し——

「そこか」

逡巡なく、俺は剣を振り下ろす。

女は慌てて飛び退いたのか、今回も斬った感触はなかった。

幻影を使い、人の命を弄ぶかのように殺す事から『幻影遊戯』の二つ名を持つ女。

名を、イディス・ファリザード。

それがアフィリス王国が苦渋を飲まされた相手であり、幻影という手のつけられない能力を以て、〝英雄〟と呼ばれるに至った者であった。

しかし、俺との相性は最悪だった。

何故なら、俺は一度、彼女よりも圧倒的に強い幻影使いに会ったことがあるから。

あのドレッドヘアの男が相手ならまた話は違っただろうが、彼を見た後では見劣りしてしまう。

「ふはっ」

改めて俺は、剣を振るう為に笑みを貼り付ける。

そして挑発するように。

目を瞑ったまま、言ってのける。

「来いよ、幻影使い。アンタの自信、俺が粉々に打ち砕いてやる」

第十二話　せんせい

「ふざっ、けんな……!!」

我慢の限界であるかのように、怒る。

認められない現実に、目を剥く。

あり得ない事実に、こめかみに青筋が浮かぶ。

「なんで」

楽な案件だと思っていた。

幻影に勝るものはないと確信していた。

それは今までも、これからも変わらないと。

それなのに。

視覚に留まらず、聴覚すらも幻影で惑わしている。

目も耳もまともに機能させない、圧倒的有利な状況を作っているはずなのに。

「なんで……！」

なのにどうして。

「アタシの方が追い詰められてんのよ……ッ！！！」

〝英雄〟『幻影遊戯』と呼ばれたイディス・ファリザードは、声を嗄らして俺を睨みつけた。

傷の数だけでいえば、圧倒的に俺の方が多い。

だけど、俺の傷は総じて浅い。長年にわたって培った経験が、驚異的すぎる回避技術を実現していた。

幻影によって欺かれた視覚と聴覚。

しかし、身体の感覚だけはホンモノ。

イディスが攻撃を行ない、身体に痛みが走った瞬間に回避行動に移る驚異的すぎる反応速度。加えて剣士としての勘。

それらが俺を生かし、彼女に牙を剥く。

幻影だって、いつまでもノーリスクで使えるわけじゃない。

あの地獄のような世界を何年も生き抜いたドレッドヘアの男でさえ、連続しては二時間程しか使えないと笑っていた。

相手がひたすら幻影を使うのならば、俺はとことんまで付き合う腹積もりだった。

そして力が尽きた時、首を飛ばせばいい。

相手側の〝英雄〟たる彼女を俺が受け持てるのなら、それに越したことはない。

明らかに急いで倒す気配のない俺を見て、その考えを理解したのか。

イディスは自分が追い詰められているのだと悟る。

後手に回らざるを得ない俺は、イディスの剣を受けるか避けるかの選択をまず迫られる。

その選択を終えた上で、ここにいるんじゃないかという予測で剣を振るい、反撃を行なう。

もちろん予測であり、確実ではないが、その精度を軽んじる事なかれ。

「死ね‼　早くアタシの前からいなくなれッ‼」

殺そうとしても、殺そうとしても、見えないはずの幻影をまるで見えてるかのように躱し続ける俺に、イディスは恐怖していた。

「おいおい、化けの皮が剥がれてきてるぞ」

荒い剣撃。はじめに見せていた余裕は既に消え失せている。

襲い来る攻撃に対し、最小限の裂傷に抑えながら俺は笑う。

「なぁ、あんた強いんだろ？　なら、笑えよ」

強者たり得る者達は弱味を決して見せない。

先生だって、死ぬ直前までひたすら悠然と笑っていた。

他の知己だってそうだ。

片腕をもがれたとしても笑う。

腹に穴が空いてても馬鹿の一つ覚えのように笑う。

得体の知れないナニカがあると思わせる事が、勝利につながるのだと知っているから。

一矢報いられると知っているから。

「……頭おかしいんじゃないの貴方……！」

人という生き物が得る情報の約八割は、視覚によって形成されている。

それが急に失われたのに加え、聴覚まで狂わされている状態。

其処彼処から偽りの足音や物音が去来し、まともな情報は伝達されないのにもかかわらず、笑い続ける。

愉しそうに嗤うのだ。

そんな人間をおかしいと言わずして何と言う。

それがイディスの心境であった。

〝英雄〟擬きの王子を殺す簡単な役割。

彼女はそう聞いていた。

——何が擬きよ……ッ！　そこらへんの〝英雄〟より余程強いっての……

少なくとも彼女は、目と耳を潰された状態で自分の攻撃を最小限の裂傷に抑え、一向に殺せる気がしないような人間に会ったのは、これが初めてだ。

もし生還できたとしたら、真っ先にあの偉ぶった男を殺してやる、と誓いながら大剣を振るう。

幻影を扱える能力は大きなアドバンテージであるが、もちろん、デメリットも抱え込んでいる。

それが彼女が大剣を振るう理由だ。

幻影という能力のリソースがあまりに大きすぎるが為に、魔法が一切使えない。

だからこそ、剣を扱う他なかった。

「頭がおかしい、ねえ」

彼女にとってどんな意味を持つのかは知らないが、俺からしてみればそれは褒め言葉だ。

何故なら、その言葉こそ俺が生き抜く為に目指した先であったから。

「ふはっ」

でも、俺の振舞いはどこまでもまがい物。

生きる為にあえてそう見せているだけの嘘の塊。

あの世界では最期の最期まで、俺という人間は尋常であった。そんな俺を彼女はおかしいと形容した。

ぬるいと、そう思った。

「クソが、クソが、クソが、クソがあああァ‼」

「何やら焦り出したが、もう幻影は切れるって認識でいいか？」

愉悦に口角を歪ませ、首を傾ける。

「やっぱり狙って……」

「生憎と、幻影使いには覚えがあってな。そいつはあまり長い事効果が続かないのが欠点だと、よく嘆いてたんでね」

まだ三〇分も経っていない。

ドレッドヘアの男なら恐らく、二時間経っていようが力が尽きたようなそぶりを見せる事はなかっただろう。

「……ねえ、王子さま、取引しない？」

こちらの機嫌をうかがうような猫なで声。

それでもその声は恐怖を孕(はら)んでおり、震えていた。

イディスの視線の先には、俺が自分の聴覚が機能しないと分かるや否や形成した剣の檻(おり)。

俺の前からいなくなった事すら分からなくなる可能性があると判断した瞬間、コイツがフェリ達の下にいかないようにと、〝影剣(スパーダ)〟の能力を使って閉じ込めたのだ。

半径五〇メートル程のドーム状に、影色の剣が俺達を逃がさないと言わんばかりにひたすら囲っている。

ちょっとやそっとでは壊れないし、内部外部関係なく攻撃を加えられた場合、どこが攻撃されたのかが俺に伝わるようになっている。

一度、剣の檻――〝影剣(スパーダ)〟を壊そうと試みたイディスを斬りつけ、浅くない傷を負わせた事で、彼女自身も逃げられないのだと悟っていた。

「取引？」

「……そう、取引。アタシはもう貴方に危害を加えない。あのエルフも同様。ベレディア王国からも出ていく。何なら！　ディストブルグ王国に仕えてもいい！　そう！　貴方みたいな王子さまならアタシも仕えていいわ！　だから――」

話の結末が透けて見えた。

だから俺は、抑揚(よくよう)のない声で言葉を遮(さえぎ)る。

「――だから、あんたを見逃せと？」

あからさまに不機嫌に言ってのける。

「なに勘違いしてるのか知らねえけど、一度剣を向けたらどちらかが死ぬまで終わらねえ。もとより逃す気はねえが、あんたが嘘をついていない保証はどこにある？　あんたが生き延(の)びる方法は一つだけ。俺を殺せばいいんだよ。簡単な話だろ？」

「餓鬼(がき)が……ッ」

怒りに強く歯を噛み締(し)め、パキっと健康的な歯が欠けた。

「……いいわよ、やってやるわよ……貴方はアタシのとっておきで殺してあげる……」

纏う雰囲気が、変わる。

一見、虚勢(きょせい)にも思える言葉だが、彼女の纏う空気は明らかに一変している。

何か覚悟を決めたのか。リスクを承知(しょうち)で何かをしようとしているのか。

俺には分かり得ないが、ただ一つ分かる事がある。

「ようやく五分か」

幻影という能力の性質上、自分の死ぬ可能性が極限(きょくげん)まで抑えられた状態でしか、殺し合いというモノを経験してこなかったのだろう。

そんなイディスが、追い込まれた。

俺はニヒルに笑う。

剣を振るい、人を殺す事に躊躇(ためら)いがなくなったその瞬間から、この身は畜生に堕ちた。

剣を振るう事を生き甲斐(がい)と感じていた頃の感覚が甦(よみがえ)る。

「後悔しながら死ね‼　悲しみに溺(おぼ)れながら、溺死(できし)しろッ‼」

我を忘れてか、ヒステリックに叫び散らすイディス。

それでも、口角を吊り上げて悪どい笑みを浮かべる姿はさながら魔女のよう。

彼女が嗤う。

俺も嗤う。

これぞ殺し合い。

「〝想起(そうき)しろッ――」

イディスがほえる。

何かが来る。

何もリスクがないのなら、逃してほしいと懇願する前に使っていたはずだ。

だが、それはしなかった。であるならば――

「来るか」

「────『幻影回顧(ファンタズム)』〟！」

瞬間。

「…………」

言葉を失った。

五感全てが正常に、戻った。

幻影によるまやかしは一切合切(いっさいがっさい)なくなった。

それは間違いない。

カタカタと〝影剣(スパーダ)〟が震え出す。

目を開けろと。前を見ろと。俺に訴(うった)えかける。

どこか懐かしい匂い。

どこか懐かしい雰囲気。

どこか懐かしい、感覚。

「…………」

ゆっくりと、閉じていた瞼(まぶた)を開いていく。

その時既に、俺の頭の中からはイディス・ファリザードの事など抜け落ちていた。数秒前の事ですらどうでもいいいと、そう思えるだけの衝撃がそこにあった。

信じられない光景に、惚(ほう)ける。

何かを言おうとしても、言葉がうまく出てこなくて。

俺の動きはピタリと静止した。

「……ぁ」

様々な感情が、ダムが決壊(けっかい)したように流れ込む。

俺自身、言葉に感情がこもるタイプではなかったが、この時ばかりは親愛(しんあい)というファイ・ヘンゼ・ディストブルグらしくない感情が込められていた。

見間違えるはずはない。

あの世界ではありふれていた白髪。

この髪は僕の自慢だからと、それを腰付近まで伸(の)ばして結(ゆ)ったあの姿。


『今日も無事、生き残れたね。おめでとう』


一日の終わりに、よく言ってくれた言葉。

彼の優しさが詰め込まれたその言葉がリフレインする。

忘れるはずがない。

俺という人間は、彼と出会った事で形成されたのだから。

彼こそが俺の全てだったから。

求めて止まなかった人がそこにいる。

すぐそこにいる。

そして、ポロリとこぼれ出たひと言は。

「……せん、せい?」

俺が憧れた人への、敬称だった。

第十三話　歪んだ愛情

『僕を殺すつもりでかかっておいで。もちろん、殺されるつもりはないけど、もし殺せたのなら、もう＊＊＊に教える事はないって事で。あ、でもあからさまに殺す気が感じられない場合、手足の四本くらい折るから覚悟してね?』

『手足は四本しかないだろ……ッ!!』

柔らかな風貌とは裏腹に凄く厳しい人。

先生はどんな人?　と聞かれたら、俺ならそう答える。

普段通り、剣の切っ先を俺に向けてから、殺しに来いと先生は言う。

『でも、案外＊＊＊は僕を殺せる可能性を秘めてると思うけどな。〝影剣（スパーダ）〟を使いこなす事が前提だけどね』

『……先生が歳食ってヨボヨボになったら可能性あるって話だろ、どーせ。今の先生を殺すなんてできっこないし』

　先生はいつも俺をからかう。

　それが楽しいとまで言っていた。

　以前なんて、僕が一〇〇歳超えたら良い試合できそう、とか言ってたし。その日は口を利（き）くのをやめた程腹が立った。

　性格は最悪。

　でも、その時に見せる表情は凄く楽しそうで、幸せそうで、本気で怒ろうと思っても結局許してしまう。

　やはり俺は、先生に毒されているんだと思う。

『ほーら、またできないって言う』

『うぐっ』

『確かに＊＊＊は弱いさ。でもそれは、ただの経験不足に他ならない』

　先生はそう言って空を仰ぐ。

　鈍（にび）色の空。曇天（どんてん）が辺り一面に広がっていた。

『今日は曇り空だ。〝影剣〟は影がないと、日が照っていないと十全に使えない。それは本当に？』

『まだ、自分の影でしか〝影剣〟を使う事はできないよ……他の影を使うと、調整というか、融通が利かなくなる。制御ができなくなるんだよ』

『それは絶対？　実は上手く使える方法があったりして』

『あるなら俺の方が知りたいから……』

『そういう事』

『……は？』

先生の言ってる意味が分からなかった。

『つまり、場数と経験が自信と実力を作り上げる。＊＊＊に必要なのは、卑屈さじゃなくて経験って事さ』

『卑屈ですみませんねえ』

明らかに、俺のできない発言に対する当てつけ。

できないものをできないと言って何が悪いのやら。

『と、いうわけで始めようか』

楽しそうに、嬉しそうに笑う。

鍛錬をする時に決まって言うセリフ。

『僕を殺してみせろ？　＊＊＊』


「……ふぅぅ」

自分を落ち着かせようと息を吐く。

それでも、口元の震えすら止まらない。

心臓が脈打ち、鼓動が五月蝿い。

〝影剣〟もカタカタとひたすら震えていた。

「……」

先生が死にたがっていた事を、俺は知っていた。

過去に何かがあったと思わせる言葉は聞いた事があるけれど、内容までは分からない。

死にたいけど死ねない。

そんな感情を持つ、変わった人だった。

俺が剣を振るっていた理由は生きる為。

でも、時間を経ていく中で、それは徐々に変わっていった。

「……やっとだよ」

何もかもを与えてくれた先生に、俺が恩返しできる事はなんだろうか。そう考えた時に浮かんだのが――

先生を楽にしてやる事だった。

殺す事だった。

なんと歪んだ愛情だろうか。

今なら分かる。

俺も先生達に会いたい。

話したい、昔みたいに騒いで、馬鹿やりたい。

多分、先生にもそう思える人達が別にいたんだと思う。

でも結局、俺が恩を返す前に先生は死んでしまった。

「やっと、見せられる」

だけど、俺は止まらなかった。

生きる為に。

もし、死後の世界でもう一度先生に会えた時に、俺は先生を殺せるようになったと認めてもらう為に。

『頑張ったね』と褒めてもらう為に、俺は剣を振り続けた。あの世界で育まれた歪んだ愛情がゆえに。

たとえ、目の前の人物が真に先生ではなかったとしても。

どこかで、憧れてやまなかった先生が見てくれていると信じて、言葉を謳う。

〝影剣（スパーダ）〟の切っ先を向けて、笑う。

「今回こそ、殺してみせるから」

〝影剣（スパーダ）〟の柄が、握りしめる力によってミシリと音を立てる。

「……考えたんだ。俺は」

言葉を口にすると同時。

辺りを囲んでいた剣の檻が風化（ふうか）するかのように崩壊していく。

時同じくして、俺の影から。空に浮かぶ雲の影から。あちらこちらに広がる影から影色の剣が創造され、浮かび上がって浮遊（ふゆう）する。

一〇〇、二〇〇、三〇〇、四〇〇、五〇〇――

止まらない。

浮かび上がる〝影剣（スパーダ）〟は上限などないかのようにひたすら増え続ける。

「――――ッ」

異様な光景を前に、イディスは言葉を失う。

浮遊している時点で察しはつく。

あれは全て、意思のある剣だ。使用者の考え次第で、どうとでも動かせる類（たぐ）いのもの。

重々しい空気が周囲一帯を支配し、限界まで圧搾（あっさく）された殺意が無差別に撒（ま）き散らされる。

身の毛がよだつ程の殺気。間違ってもそれは、親しい者に向けるものではなかった。だからこそ、イディスは動揺(どうよう)を隠せない。

何故ならば、対象者の一番会いたい人物、親しい人物と彼女自身を誤認(ごにん)させる秘技——それが『幻影回顧(ファンタズム)』であったから。

暗殺などの仕事をする際に、イディスはこの能力を愛用していた。

けれど、今回は何故か使ってはいけない気がした。

それでも、余程の尋常でない人間だろうと、人の情は持っているだろうと思った。

その結果がコレだ。

辺り一帯に浮かび上がる異様な数の剣、剣、剣。

言葉が出てこない。

でも、何か言わなければ自分を落ち着かせられなかった。

冷静さを保てない気がしてならなかった。

「……バケモノが……ッ」

「『全ての影は、俺の支配下』」

頭が割れるように痛い。

明らかに使用過多。気が緩(ゆる)んだ瞬間、気絶(きぜつ)してしまってもおかしくないレベルだ。

それでも俺は〝影剣（スパーダ）〟を止めない。

アフィリス王から借りた魔道具が、無茶に耐え切れずピキリとひび割れようとも俺は止まらない。

それ程までに高揚感（こうようかん）に包まれていた。

「一つの剣で殺せないなら二つの剣で。それでも無理なら三つの剣で」

辺り一面を埋め尽くす万の〝影剣（スパーダ）〟を見やる。

「万の剣でなら、先生を殺せる気がした。けど」

身体に負担をかけてまで用意した〝影剣（スパーダ）〟は、先生に向ける為のモノじゃない。

俺にとって、先生との時間は何よりも優先される。

それを邪魔する可能性が一％でもあるならば、その障害を殺す事に躊躇（ため）らいはない。

「それじゃあ意味がない」

剣で勝ってこそ、俺の未練は果たされる。

クルリと、天に切っ先を向けていた剣達が一斉に、後方で何か準備を始めていた兵士達に向けられる。

何をするのか、イディスは誰よりも早く理解した。

そしてそれを止められない事も。

「死せ、〝影剣〟」

言い終わると同時。

意思を持った影色の剣が、降り注ぎ、襲いかかる。

流星の如き速さで襲い来るそれを、その身に受けた兵士から死んでいく。

まさしく、地獄絵図だった。

〝影剣〟が全て降り注いだ十数秒後。

突然、先生だったナニカがブレる。

どうしてブレたのか、その理由はすぐに分かった。

どさり、と何かが倒れ込む音が聞こえる。

「あ、ッ、ぐっ……」

〝影剣〟へ下した指示は、先生との勝負を邪魔する者の排除。

つまり。

「やっぱり、そうだったか」

どこかで分かっていた。

それでも、あの懐かしい感覚だけは忘れられなくて。

先生であってほしいと願ってしまっていた。

その時点で、先生ではないと分かっていたはずなのに。

「三本、か」

幻影師であり、剣士でもあるイディス・ファリザード。

彼女の身体には先程飛来した〝影剣〟が三本、刺さっていた。

「俺の近くにいた割には少ない、運がよかったな」

〝影剣〟もギリギリまで幻影に抗えず、先生と信じ込んでいたのだろう。

「……たす、けて」

イディスが地面に這い蹲りながら許しを乞う。

流す血の量は膨大。もう助からないと誰もが思うだろう。

だけれど俺は、それに耳を貸すことなく話し出す。

「アンタは、自分の持つ能力を過信しすぎた」

素の力量で敵わないと悟った時点で、逃げるべきだったのだ。

しかし、彼女の幻影という能力がそれをおしとどめた。

もし、彼女が驕っていなければ、また違う結果が生まれたのかもしれない。しかし、今それを言ったところでせんなき事。

イディスが先生の姿を見せていた事もあってか、今ならかつての会話が鮮明に思い出せる。

『なんで先生は、血統技能を使わないの？』

俺が生きた中で、先生の血統技能を目にしたのはたった二回。

しかも、何が起きたのか、どういった能力だったのかは未だに分からず終い。

剣を教えてくれる時も、俺は〝影剣〟を使うのに対し、先生はその身一つ、剣一本で圧倒する。

常に〝影剣〟を使う俺とは正反対の存在だ。

『血統技能っていうのは、言ってしまえば所詮は棚ぼたの産物に過ぎないからだよ。だから僕はあてにしていない』

だから使わない、と。先生は言っていた。

『誰もが最後に頼るのは、ひたすら愚直に磨いてきたものさ。僕はそれが剣だから、剣を頼る。血統技能に胡座をかいてると、僕みたいに色々なモノを失う羽目になるよ』

だから＊＊＊も、〝影剣〟ではない自前の剣を持っておきな、と言う。

『……おっと、失言だったかな。でも、能力に驕る事だけはないようにね』

『能力を使わない事は、驕りに入らないの？』

俺がそう言うと、先生は一瞬だけ惚けてから、笑い出した。

『ぶっ、ふははっ、あははははは‼　面白い事言うね＊＊＊。確かにそれも一種の驕りだ。でもそれは、せめて僕に傷をつけられるようになってから言おう。今の＊＊＊の実力じゃあ取り合ってはあげられないなぁ』

たとえ先生が驕っていたとしても、当時はまだその先生にまともな傷を一つとてつけられた試しがなかった。

『でも、俺、先生には死んでほしくない』

常に血統技能を使用している俺だからこそ、その万能さは誰よりも理解している。それを使わないと言う先生は、まるで死にたがっているように見えて。

自分の前からいなくなるんじゃないかと思えて、怖かった。

『……たとえその結果死んだとしても、言い訳になんてしないさ。僕の剣で敵わない相手がいたとして、そんな人間相手に血統技能如きでどうにかなるなんて思えないね。死んだ時は死んだ時』

先生は、強い。

圧倒的に強い。

勝てると思えた試しがない程に。

そんな先生が血統技能を使えば、鬼に金棒と思ったが、本人はそうではないらしい。

『多分、まだまだ鍛錬が足りなかったと、僕は笑って死ぬと思うな、きっと』

「アンタは驕りすぎてたんだ。それが敗因。剣を握る者が、命乞いなんてしてんじゃねえよ」

剣士とは、命を奪う者の別称だ。

ゆえに、俺達も命を奪われる覚悟を常に持っておかなければならない。泰然(たいぜん)と受け入れなければならない。

これも価値観の違いか。

俺なら、死ぬ時は格好良く死にたい。

最後まで先生みたいに笑っていたい。

生き恥(はじ)を曝(さら)してまで生き延びたいと俺は思わない。

昔も、今も。

誰かの為に剣を振るっている今の俺ならば笑って死ねる。

どうしてか、そんな気がした。

だからこそ、彼女とは相容(あいい)れない。

「さようなら」

抑揚のない声で、一つの出会いに別れを告げながら〝影剣(スパーダ)〟を振り下ろす。

「誇りなき剣士」

描(えが)く剣線が、その身を斬り裂いた。

第十四話　ファイ・ヘンゼ・ディストブルグ

「報告、致します……！」

騎士甲冑に身を包む男が片膝をつき、厳かに声を張り上げる。しかし、その声はどこか震えていた。

あり得ない現実に、男の心がザワつく。

それでも、与えられた役目と割り切って言葉を紡ぐ。

あり得ない、夢物語のような現実を。

「西部は、壊滅。最早、再起は不可能かと思われます……ッ」

「……そうか」

報告を受け入れたもう一人の男も、どこかでそれを分かっていたようでもある。

何か奇跡でも起こるのではないか。

そう期待してしまっていただけに、落胆と、未来ある命を死なせてしまった事に対する自責を孕んだ返答をした。

恐らく、壊滅したという言葉には〝グズ王子〟と呼ばれていたファイ・ヘンゼ・ディストブルグ、それから後詰に向かわせた娘のメフィア・ツヴァイ・アフィリスも含まれているだろう。

それでも、今は戦時中。

上に立つ者として弱さは見せられないと分かっているからこそ、報告を受けた男——レリック・ツヴァイ・アフィリスの表情は僅かに歪んだだけ。

そのはずだった。

そのはずだったのだ。

「約一万の敵軍勢の壊滅に加え、〝英雄〟『幻影遊戯』イディス・ファリザードの死亡を確認しました……ッ！　アフィリスの、勝利です！」

「……なん、だと？」

耳がおかしくなったのかと思った。

しかし、騎士が紡ぐ言葉は、そのあり得ない報告を肯定するものだった。

「味方の損害はゼロ。東部の戦線への後詰として、ディストブルグ王国軍三〇〇〇、今からでも動けるとの事です」

「……待て。あの『幻影遊戯』が死んだ？」

後詰とディストブルグ王国軍、合わせて総数約五〇〇〇の軍勢。

たまたま運がこちらに味方をしたおかげで、五倍もの兵力を上手く退けられたのかもしれない。

まだ、これは納得できる。

たとえ優勢に戦争を進めている事で士気が高い相手だったとしても、これならまだ理解が及ぶ。

「味方の損害が、ゼロ？　……虚偽の報告を私がいつ求めた」

ファイをはじめ一部の者と話す時とは違い、レリックは威厳に満ちた物言いで懐疑心を向ける。

「……私も、馬鹿な事を申し上げていると自覚はしております。ですが、事実なのです……ッ」

騎士は懐にしまい込んでいた一つの書状を取り出した。自身の主から、これを陛下に渡してくれ、と言われたものだった。

もちろん、中身は見ていない。

だけれど、何が書かれているのか、騎士の男にはおおよその予想ができていた。

普段は決して、弱味を見せない王女。

それがこの騎士の主――メフィア・ツヴァイ・アフィリスという人間だった。

人に厳しく、自分にも厳しく。

王女という立場にもかかわらず、剣を執り、前線に立って戦う姿はえも言われぬ程美しい。

それに惹かれて王国の兵士に志願した者も少なくない。

しかし、〝英雄〟という存在の前では無力。

メフィアはそれを実感し、知ってしまった。

自分を慕う、率いていた兵士達の大半が死んで逝った。

それでも、戦う事をやめなかった。

〝英雄〟という存在には敵わないと知って尚、抗い続けた。

だからこそ、騎士の男は彼女がどんな気持ちでその書状を書いたのか、痛いくらいに分かってしまっていた。


「……なんで、あそこに立ってるのが私じゃないのかしらね」

イディス・ファリザードを斬り殺し、少しばかりふらつきながらも戻ってこようとするファイ・ヘンゼ・ディストブルグを見つめながら、メフィアは言う。

「メフィア殿下……」

沈痛な面持ちで、隣に控えていた騎士は呟く。

得体の知れない影色の剣を巧みに操り、敵の兵士達を壊滅させた張本人。幻影に惑わされながらも剣だけで容易に凌ぎ切れる技量を持ち、果てには〝英雄〟を殺せるだけの実力まで兼ね揃えていた。

アフィリスの兵士だけではない、ディストブルグの兵士ですら誰もが驚いていたというのに、メフィアだけはじっと、食い入るような目でひたすらファイの動きを追っていた。

〝英雄〟を圧倒したのが、〝グズ王子〟と呼ばれている者だという事すら忘れて。

「私が、ファイ王子のように強かったら、誰も死なせないで済んでたわよね、きっと」

「ご自身を、責める必要はありません……」

「でも、羨ましいの。強さに嫉妬とか、どうして隠してたのとか、思う事はいっぱいある。でも、何よりも羨ましい。だって、ほら」

彼女の視線の先には、後方に控えていたディストブルグの兵士達。

加えて、ファイの隣にいたフェリ・フォン・ユグスティヌ。

「誰一人として欠けていない。それが羨ましかった」

なんで、実力を隠してたんだ。

そう詰問してやりたかったが、アフィリスの者だけではなくディストブルグの兵士達まで驚いている光景を前にして、その気は既に失せている。

「どうやって強くなったの」

血の滲むような努力。

それはもう、既にやっている。

経験だってひたすら積んだ。

手は王女らしくない剣だこだらけだ。

それでも、〝英雄〟には一矢報いる事すらできなかった。

「私に、教えてよ。ファイ王子」

悠然とした足取りで戻ったファイに向けて、メフィアは問いかけた。

心底悔しそうに、涙声になるのを必死に耐えながら尋ねる。

「……さぁな」

ファイは惚ける。

力を得た先に待っていたのは孤独だった。

隣に心配してくれる人間がまだいるメフィアに対して、語る事はないと思った。

誰かを守りたくて、彼女が力を欲しているんだと理解はできる。

歪んだ愛情ゆえに。

自分が生きる為に。

ただそれだけの為に力を求めていたファイだからこそ、メフィアが少しばかり眩しすぎた。

「少なくとも、俺から見てアンタの臣下達は、アンタが俺みたいな畜生に堕ちる事を望んでいるようには見えんがな」

ディストブルグからアフィリスに移動する際に、ファイはフェリから、メフィアの噂(うわさ)を少しばかり聞いた。

アフィリスの戦乙女(いくさおとめ)。

そんな呼び名がつけられている、と。

恐らく、人を惹きつけるような戦い方をするんだろう。

綺麗な戦い方をするんだろう。

そうやって、兵士達を導いてきたんだと思った。

ファイの戦い方。思考。まさしくそれらの正反対だ。

人を殺す事に躊躇(ためら)いを持たない壊れた心を持つ者こそが、ファイ・ヘンゼ・ディストブルグという人間。

彼女の求める強さは、自分には備(そな)わっていないと断言できる。ただの一時的な気の迷いだ。

「それに、剣を嫌う人間が己の剣を語るわけがないだろ。はじめにも言ったが、俺は剣を握る気はなかったんだ。剣を否定する人間に剣を聞いたところで、得るものは何もねえよ」

「じゃあ――」

これ以上話す事はないとばかりに立ち去ろうとするファイであったが、メフィアの言葉がその足を止める。

「なんで剣を握ってくれたの？」

「…………」

なんで、握ったのか。

確かに、言われてみればそうだ。

本当なら、怠惰(たいだ)な生活を送り続けるつもりだったのに。

どうしてか、剣を握る羽目になった。

で。

どうしてか、また人を殺す事になった。

で。

どうしてか、気づけばまた剣を振るっていた。

『人の為に、生きる事』

あの時、あの瞬間。

言葉を交わした騎士の声が甦る。

『自分の為だけではなく——』

人の為に、生きる事。

誰かを、守る為に、剣を執れ。

そう言われたような気がした。

「……魅せられたから、だろうな」

ファイが今生で剣を執った理由。

それはただ単純に、ログザリア・ボーネストという騎士に魅せられたからに過ぎない。

彼との出会いが、ファイの中の何かを刺激した。

それだけは、変えようがない事実。

「心底幸せそうに、笑って死んでくヤツらの言葉に、俺は弱いんだ」

みんなそうだったから。

ファイの周りで、後悔しながら死んだ者は自分だけだった。

みんな、最後は満足して死んでいた。

笑って死ぬようなヤツを見ると、どうしようもなく大切な人達の顔がチラついてしまう。

「要するに、ただの憧れだ」

笑って死にたい。

けれども、剣を握りたくはない。

剣を握り続けた先を知っているから。

何という矛盾。

でもそれが自分らしいよなとファイは思う。

「……難しいわ」

「この答えに辿り着くまでに俺は何年かかった事やら。すぐに理解されちゃ俺の立場がねえよ」

久しぶりに、笑う。

自然と出た笑み。

こんな日も、悪くないのかなと思う。

「あんたら親子の事は何が何でも守ってほしいって、どこかの騎士様に約束させられててな。この戦争が終わるまで、世話になる」

ズキリと、頭が痛む。

血統技能の使用過多の影響はそうそう消えるものではない。

それでも、顔に出す事なくメフィアに背を向ける。

「待って」

「まだ何か――」

あるのか？　と、言おうとしたファイの言葉が止まる。

振り向くと、頭を下げるメフィアの姿が映ったから。

「先日の無礼、臣下に変わって謝罪致します。申し訳御座いませんでした」

礼儀には礼儀を。

過程はどうあれ、理由はどうあれ。

メフィアが。アフィリス王国が。ファイに助けてもらった事は、まぎれもない事実。

命を懸けて助けてくれた相手に対して、〝グズ王子〟だと失礼を働いた事は謝るべきだと、メフィアはそう思った。

だから頭を下げる。

一国の王女の立場であっても、躊躇いはなかった。

「それと」

頭を下げるメフィアに、臣下の兵士達は瞠目した後、動揺し始める。それでも、彼女は止まらなかった。

「助けて頂いて、ありがとうございました……ッ！　国を代表して、お礼申し上げます……‼」

メフィアは怖かったのかもしれない。

後詰でも、また多くの兵士を、臣下を失ってしまうんじゃないのか、と。

ファイからしてみれば、ただ頼まれたついで、約束ついでに過ぎなかったけれど、彼女にとっては違った。

——あぁ、確かに悪くない。

人から感謝された事なんて殆どなかった。

だから余計に新鮮に思えた。

ファイには、これが目指す目標の、第一歩のように思えた。

気にしないでいい。

普段のファイであればそう返していた。

だけれど、メフィアはそんな返事を求めてはいない。

恐らく、彼女が待ち望んでいるのは。

「どういたしまして」

この返事だと思った。

剣を握る事で、感謝をされる事になったのは、初めてだった。

初めての感覚。

不思議と、心地がよかった。

嗚呼、本当に。

こんな日があるのも悪くない。

そう思えた。

第十五話　〝英雄〟

「英雄、か……」

伝令役を担った騎士からレリックに渡された書状。

それは紛れもなく、メフィア・ツヴァイ・アフィリスによるモノだった。

たった一行。


『ファイ・ヘンゼ・ディストブルグは〝英雄〟である』


それだけで、レリックには全てが理解できた。

人という枠組み（わくぐ）を超えた〝英雄〟であるならば、辻褄（つじつま）が合う。

〝英雄〟を殺せるのは〝英雄〟だけ。

「全く……ファイ君はやはり、人が悪い」

ファイではない他の誰かを指して、突然、コイツは〝英雄〟だ、と言われても、レリックが信じる事はなかっただろう。それは絶対と言っていい。

つまるところ、レリックに言わせればファイは不思議の塊であった。

これまで、催しなどで何度か顔を合わせてきた。

彼の兄であるグレリア・ヘンゼ・ディストブルグと話す時だけ少し微笑んで、でも、それ以外は無感情。

というよりも、意識がどこか遠い彼方に向けられていた。

それがどこなのかは分からない。ただ、ファイと話す中で教えてもらえた事はただひたすらに剣が嫌いという、この世界の住人らしくない考えだった。

『だがまあ、所詮は〝クズ王子〟の大見得切りだ。過度な期待はしないでくれよ』

多分、あの時の言葉はその思考に起因していたのだろう。

「何が、大見得切りなんだか」

『たとえこの戦争がどんな終わりを迎えたとしても』

今なら分かる。

どうして、条件を突きつけてきたあの時、そう言っていたのか。

「なんで、どうしてそんな考え方をするのかな」

自分の力を理解していたのなら、そんな言葉は出てこない。

恐らくファイは、本気で生き残ろうとはしていなかった。

死んでしまった時は、死んでしまった時。

そんな考え方。

「何が、君をそこまで歪ませた」

〝英雄〟と戦うのは自分だと決めていたんだろう。

前線に立つと決めていたんだろう。

あれだけ、剣が嫌いと言っていたのにもかかわらず。

〝英雄〟を殺せるだけの技量を持っておきながら、戦いを忌避する。なんらかの理由があって。

だから、たとえその訳を問うたところでファイは、ただ剣が嫌いだから、としか言わない。

何故なら彼は、誰かにソレを理解してもらおうなどと思ってはいないから。望んでいないから。

「何が、君を──」

救えるのだろうか。

その言葉は小さく、周囲に木霊(こだま)する。

「できる事なら、力になってあげたい」

借りも出来た。何より、人間として好(す)いている。

下心を一切感じさせないあの少年が、レリックは好きなのだ。

だからこそ、救ってあげたかった。

でも、それは無理だと、レリックは分かってしまう。

理由なんて一切分からない。それでも、分かってしまう。


ファイが求めたのは、かつての記憶の光景。

恐らく、もっと弱かったのなら、生き残れずにみんなと同様、笑って死ねたのだと考える。

でも、彼は運がよかった。

先生に、仲のよかった者達に守られ続け、それを糧(かて)として強くなり、最後まで生き残った。

　生き残ってしまった。

死に損(そこ)なってしまった。

それが間違いだったと決めつけている。

強くならなければ、先生達の下へ逝けたのに、と。

剣がなければ、こうはならなかったのに、と。

だけど先生を殺せるように強くもありたかった。

自身の考えが二律背反しているという自覚があろうとも。

ファイは剣を嫌う。

孤独に辿り着かせた自身の剣を。

剣の全てを忌避する。

誰にも理解されない。

理解しようがない思考。


何も知らないレリックは、ファイの思考の大半を理解する日は来ないと知って尚、言った。

「……確証はないけど、いつかファイ君は救われる。そんな気がする」

だから。

「だから、死なないでくれ」

王としてではなく。

一人の友人として、そう願う。

「生きてさえいれば、幸せなんていくらでも見つけられるんだから」

なぁ。ファイ君。

王城の中の一室。窓が開いたその場所で、一人の王は、届きますようにと風に言葉を乗せた。

第十六話　最後の夜

ベレディア王国をはじめとした連合軍とアフィリス王国の戦争が終わりを告げるまでに、時間はそうかからなかった。

結論から言うと、俺があまりに殺しすぎたから。

あの時、〝影剣(スパーダ)〟によって殺した兵士の中には、指揮を執っていた貴族をはじめ、指揮系統に深く関わっていた者達が何人もいた。

それだけに留まらず、多くの兵の喪失(そうしつ)や作戦の核(かく)であった〝英雄〟の死が勝敗を決定づけ、連合軍は呆気(あっけ)なく崩壊の一途(いっと)をたどる事となった。

加えて、〝影剣(スパーダ)〟によって殺された貴族達の遺体が、彼らにとって一番の問題だった。

あの後、俺はディストブルグ王国軍とメフィアが連れてきていた兵の半分を、他の戦線に向かわせた。

が、メフィアを含む一部のアフィリス王国軍は、死体の検分を続けた。

此度の戦争では、連合軍側は一部の有力貴族の当主が直々に指揮を執っていた事を、メフィアは知っていた。

有力貴族ともなれば、遺体であっても交渉材料になり得る。

向こうからしてみれば、キチンと埋葬してやりたいだろうし、加えてこちらに遺体がある事を良しとしないはずだから。

このように、連合軍側も損害があまりに大きく、そこへ更に〝英雄〟の死。

結果、これ以上戦争は続けられないと判断され、停戦協定が結ばれたのだった。

もちろん、アフィリス王国側が賠償金をふんだくっている。

領地を荒らされ、来年はまともな農作ができないだろうと見込んでの多額の賠償金だ。

そこに貴族の死体の返還なども加わり、そこでメフィアも十二分に活躍した。

これにかかった期間は三週間程。

当初の予定と比べれば長くはあるが、戦争とは本来長丁場なもの。

覚悟をしていただけに、少し短かったな、なんて不謹慎な事を思ってしまう。

「慣れない事をすると疲れるな、ほんっと……」

既に夜の帳が下りた頃。

城にある庭園で、俺は地面に寝そべりながら一人、夜を過ごしていた。

綺麗なお月様。

月光に照らされる色とりどりの花。

雑音のない世界。

戦争が終わった今、俺がアフィリス王国に滞在する理由はない。

明日アフィリス王国を発つ事になっており、城の中では、最後の日だからと用意された豪勢な食事を前に、兵士達がどんちゃん騒ぎをしている。

フェリはそんな兵士達の姿に呆れながらも、楽しんでいた。

でも、俺は。

ああいう空気は、少し苦手だった。

「護衛も付けずに一人だなんて、感心しないわね」

「あんたも付けてないだろうが」

近づく足音。

耳に届いた声で誰なのかを判断し、肩越しに振り返って笑う。

「私はいいの。だって強いから」

「そうか」

「……なんて思ってたけど、まだまだ世界は広かったわ」

メフィアはゆっくりとした足取りで歩み寄ってきて、俺のすぐ隣に腰を下ろす。

自信に満ち溢れていた猪突猛進な昔の彼女に、少し戻った気がする。

どちらかといえば、俺はこっちの方が好感が持てる。

「そう、だな。世界は広い。俺でも歯が立たない相手なんて山程いる」

その言葉にメフィアが一瞬目を見開く。

「……他の〝英雄〟の話かしら」

「……いいや、ただの剣士の話」

名を知られることもなく死んでいった剣士の話。

死んでしまった相手を超えることはできない。

今なら勝てるかもしれない。そう思うものの、絶対とだけは言わせない何かが、彼らには備わっていた。

「そんなに強かったの？」

メフィアが尋ねる。

「あぁ、凄く。凄く強くて、格好良くて、優しくしてくれて。もう一度でいいから会って、話をしたいと思ってる。俺の剣を見てほしいと思ってる」

言葉に熱がこもる。

情熱に似た何かが込められる。

「なら、もう一度会う為にも、死なないように行動しないとダメじゃない」

死んだら、何も残らないのだからとメフィアは言う。

だから一人で出歩かない方がいい、と。

「なあ、メフィア王女。俺がレリックさんに言った条件については、もう聞いてるだろ？」

「……ええ、もちろん」

「その二つ目で、俺は部屋には入ってくるなと伝えたんだが、別にあれは部屋で危険な事をしてるからってわけじゃないんだ」

「じゃあどうしてそんな事を？」

もう直しようのない、魂レベルで身体に刻み込まれた癖。

剣を持っていると、有り得ない程に警戒心が高まってしまう。

そして、近づいた相手を半ば無意識に剣を抜いて振るってしまう。それは寝ている間でも、だ。

ログザリア・ボーネストとの約束を果たす為にも、俺は死ねなかった。ゆえに、就寝時にも常に帯剣していた。

だから、誰かが部屋に入ってきた場合、命の保証はできないと言った。

「ただ単純に警戒心が強くて、だ。ちょっと面倒臭い癖があってな。だから護衛はいらねえよ」

「それでも――」

何があるか分からない。

そう言おうとしたであろうメフィアに対して、俺は小さく笑う。

「たとえ、その傲慢さが死を招く事になったとしても」


『多分、まだまだ鍛錬が足りなかったと、僕は笑って死ぬと思うな、きっと』


先生の、言葉とかぶる。

「多分、まだまだ力不足だったと、俺は笑って死ぬと思うな、きっと」

先生が歩いた道を、辿るように歩いていっている気がする。

でも、それでよかった。

いや、それがよかった。

「さ。俺の話は終わりだ。メフィア王女はパーティーに戻らなくてもいいのか？」

「……別に、急いで戻る必要はないもの。気にしないで大丈夫よ」

「そうか」

メフィアが俺の答えに納得ができていない事は、あえて聞かずとも分かっていた。

「ねえ、ファイ王子」

「ん？」

これがラストチャンス。

明日には、俺を含むディストブルグ王国軍はアフィリス王国を発つ。

メフィアはきっと、強さの秘密をどうしても聞いておきたかったのだ。

「……パーティーはお嫌い？」

少し不自然な間はあったが、気になる程ではない。

「嫌いじゃない。けど、好きでもない。ただ、苦手ってだけだ。一人でいた時間が長かった分、一人の方が落ち着ける」

「……お邪魔だったかしら」

俺はただ本音を言っただけ。メフィアを追い返す為に言ったわけではない。

「別に構わねえよ。何か言いたい事があって来たんだろ？　夜は長い。ゆっくり聞いてやるさ」

庭園に行く旨を、俺は誰にも伝えてはいない。

であるならば、庭園に足を運んだメフィアは、俺を捜していたと受け取れる。たまたまという線は、彼女の言い回しからして無理がある。

「そうね、夜は長いものね」

城の中はまだまだ明るい。

朝に発つ予定だというのに、この様子では、酔い潰れて二日酔いになる者が後を絶たないだろう。

それでも、平和であるからこその光景だ。戦争直後ゆえに笑って見ていられる。

「はじめは、なんでファイ王子が援軍に、って思ってた。けれど、今はこれでよかったと、これがよかったと思ってるの」

「本人を目の前にして言う事じゃねえな」

堂々と。正面切って言ってくるからこそ、笑ってしまう。

そもそも、俺は〝クズ王子〟という呼び名を嫌っていない。

だから〝クズ王子〟呼ばわりされたところで嫌悪感は一切なかった。

「ええ、そうね。恩人に向ける態度じゃない。でも、これが望みなんでしょう？」

「あぁ、そうだ。俺はどこまでも〝クズ王子〟だ。俺に恩義を感じてるなら〝クズ王子〟として扱え」

それに、メフィアのこの態度は、俺が望んだ事でもあった。

俺の立場はディストブルグ王家の三男坊。

もちろん、王位継承権はあってないようなもの。

そんな俺が、〝英雄〟に匹敵する力を持っていたと知れたならば。

手の平を返して、俺を婿養子として迎え入れようとする国があるかもしれない。

そうなった時、俺の利用価値は『剣』になる。

剣を握る事でしか生きていけなくなる。

それは願い下げだった。

俺がログザリア・ボーネストという騎士の言葉に魅せられたのも、彼の言葉が人としてであったから。

彼は間違っても、国の為に尽くす事とは言わなかった。

その忠義の対象は王家であり、主人であり、人であった。

そして俺もまた、国の為に剣を振る気はないのだ。

ゆえに、俺はどこまでも〝クズ王子〟であり続ける選択肢を選ぶ。

「ほんっとに変わってる。別にいいじゃない。縁談とか、そういった外野の話なんて無視すれば。私は、耐えられないわ。自分に劣る相手に、何も知らない人に、噂を信じ込まれて〝クズ〟と見下されるんでしょう？」

「俺の本質がクズなんだよ。だから何も思わない」

「それに――」

メフィアの言葉は続く。

俺と彼女を除いた誰もいない場であるからこそ、言葉は止まらない。

「貴方、凄く優しいじゃない。それに馬鹿みたいに真面目。何も知らないで〝クズ〟と思ってた私が馬鹿だったたって何度思わされた事か」

ログザリア・ボーネストの埋葬は、俺が行なった。

遺体の処理には慣れているから。

綺麗な景色の下、墓を立てた。

親族がいたようで、遺体を持ち帰ってくれた事と、箝口令を敷いていたというのにお喋りな騎士から聞いたのか、無念を晴らしてくれた事への感謝をされた。

人を失う喪失感はよく分かる。

だから俺は、彼は誇り高い騎士だったと、それだけを伝えた。

それと、この三週間で、あの戦いを見ていた騎士兵士に限ってよく話しかけてくるので、成り行きで仲良くなってしまった。

自分から話しかける事は滅多にないけれど、話しかけられれば必ず返答はする。だからか、必要以上に接点を持ってしまった。

ただ、それだけ。

あの惨状を生み出した以外に俺が行なった事は、それだけなのだ。

でも、ディストブルグの名代としてやってきているからには、王子然としなければグレリア兄上にまで迷惑がかかると思ったから、行動には気をつけた。

　しかしそれだけで、メフィアは俺を優しいと称す。

「そんなファイ王子が、〝クズ王子〟と見下される事に、私は耐えられない」

「……過大評価が過ぎるな」

「ファイ王子が讃えるなと言った理由は、他国からの干渉が理由でしょう？　その矛先はどこに向かうか。貴方のお父様と、次期王であるグレリア王子殿下よね。それを念頭において行動する事含め、優しい人なのよ、貴方は」

「買い被りすぎだ」

　果たして本当にそうかしら？　と、メフィアが含みのある笑みを浮かべた。

「ねえ、ファイ王子。約束、覚えてる？」

「俺はレリックさんとしか約束を交わしてないぞ」

　間違ってもメフィアと約束なんてものはしていないと言い切れる。

　しかし、彼女にとっての約束とは、それを指していたようで。

「そう、その約束。ファイ・ヘンゼ・ディストブルグに対する政治的干渉を禁ずると同時に、戦争が終わったら援軍としてやってきた当時と同様の対応をする事」

　つまり、〝クズ王子〟として扱え、というその条件をレリックさんは呑んだ。メフィアはもちろん、誰一人として拒否権はない。

それでも。

「つまり、今この瞬間は〝クズ王子〟ではなくて、まだファイ・ヘンゼ・ディストブルグとして接していいはずよね？」

「……何が言いたい」

彼女の言っている意味が分からなかった。それでどうなるのだと。

俺が疑問に思っていると、おもむろにメフィアが立ち上がる。

不敵に、口角をわずかに吊り上げて。

護身用の剣の柄に手をかけながらメフィアは言う。

「ダンスの誘いにやってきたの」

心底楽しそうに、その瞬間を待ちきれないといった様子で。

「でも、私達らしいダンスのお誘い」

俺の腰に〝影剣（スパーダ）〟が下げられている事を確認しながら、すらりと鞘から剣を抜く。

剣身は月光に照らされ、まばゆく銀に輝いた。

「最後の夜くらい、剣（これ）で語り合いましょう？　もちろん、受けてくれるわよね？　ファイ・ヘンゼ・ディストブルグ王子殿下」

第十七話　理想に手を伸ばして

「……殿下、いつまで寝てるんですか……もう夕方の四時ですよ……」

世話役の専属メイドであるラティファが呆れ混じりに言う。

アフィリス王国から帰還して早一週間。

レリックさんが父上宛に書いてくれていた感謝状が、事実とは全く異なった内容ながらも、俺が凄く活躍したと伝えてくれた事もあり、今は父上公認のグータラ生活を送っていた。

「世間の常識で物事考えてっといつか後悔する羽目になるって、どっかのお偉いヤツが言ってた。だから俺は六時まで寝る」

「それ絶対今作りましたよね」

「一応、俺も偉い人だからな」

「ク、クズすぎます……」

ベッドの上で横になり、背を向けたまま会話を続ける。

起きる気はなかったが、一度意識が覚醒してしまうと、もう一度眠りにつくまでに時間を要する。

だから少しだけ会話に付き合う事にした。

「あ、聞いてくださいよ殿下」

「藪から棒になんだよ」

それがですねそれがですね！　などとまくし立ててくるラティファ。

早く言えよと突っ込みたくなる気持ちを抑え、黙って聞きに徹する。

「なんと、我らがメイド長フェリさんが休暇を取ってるようなんです……！　これはまさしく天変地異の前触れ……」

「あー、それあれだ。アフィリス行ってる時に、これからもメイド長が休暇取らねえつもりならその分俺が休むって言ったら、折れてくれたヤツだ」

「え、ええっ。じゃあ殿下が説得したという噂は本当で……」

基本的に、俺が関与した事に対しては何らかの措置をとる事にしている。

フェリの休暇についても然り。理由を聞いてきたヤツには取り敢えずそれっぽいクズな理由を言って納得してもらっていた。

「どうだ。大金星だろ。主人の有能さに感謝するんだな」

「り、理由がクズすぎて相殺レベルな気がするんですけど……」

「……それは気のせいだ」

流石はラティファ。痛いところを遠慮なく突いてきやがる。

コイツには遠慮ってものは備わってないんだろうか……

「あれ、じゃあもしかして二つ目の噂も本当なんですか？」

「何個あんだよ俺の噂……」

最早嫌がらせレベル。部屋にこもって寝てるだけの王子の噂をして何が楽しいのやら……

「それは、ですねえ」

聞きたいですか？　聞きたいですか？　なんて耳元で囁いてくるラティファ。

そちらを見ずとも、ニマニマとしたあほづらが鮮明に頭に浮かぶ。

俺は絶対に返事してやるもんかと、無視を決め込む事にした。

「あっ、待ってください‼　寝ようとしないでください‼　言いますから‼　今言いますから‼」

「……はじめからそうしとけよ」

それでなくとも、アフィリス王国に行ってからというもの、封印されたが如く固く閉ざされていたはずの俺の部屋の扉がパカパカ開けられるようになって、辟易してるっていうのに。

「実は！」

殊更ゆっくりと、溜めに溜めてラティファは言葉を口にしていく。

「殿下が〝英雄〟並みに強くて、実際に戦争でも倒したって噂です‼」

「もっとマトモな噂はなかったのか……」

アホだコイツと言わんばかりに、俺は言う。

これは話が長引くな、と判断して渋々（しぶしぶ）身体を起こす。

「そもそも、こんなグータラ生活してて〝英雄〟なんてモノになれるんなら、世界は〝英雄〟で溢れ返ってるっての」

「うぐっ」

「剣も握らねえ。鍛錬もしねえ。そんなヤツが〝英雄〟になれるもんか。そもそもどーやって俺が〝英雄〟を倒したってんだよ」

「えっと、そこは、その、超能力とか！！」

「なら、今日の夕餉（ゆうげ）では、俺はラティファに超能力が扱えると言われたから、という事でスプーン曲（ま）げにでも挑戦してみるとするか」

父上は、テーブルマナーに関しては鬼のように厳しい。

それは王家に仕える者ならば誰もが知る事実で。

「ま、待ってください！！　殿下は私が殺されても良いんですか‼」

「メイド長に味方したあの日の事、忘れると思ったか……ッ」

主人は俺だというのにメイド長であるフェリに味方し、俺の身体をガシリと拘束したあの日の事は、いつかやり返してやろうと心に決めていた。

良い機会だ。俺の睡眠を散々邪魔していたフェリは休暇、あとはラティファだけ。

よし、殺っちまおう。

そう決めた時。まるでタイミングを計ったかのように扉が開かれる。

「邪魔するぞ」

俺の部屋のドアを開ける人間は、元々は限られていた。

今でこそ、何かにつけて俺につきまとおうとする人間が何人かいるものの、相手にしていない。そもそも、相手にしないとちゃんと言ったはずだったから。

元々俺の部屋に出入りしていた人は、俺を除いて四人。

メイドであるラティファ。

メイド長のフェリ。加えて父上と――

「元気してるか？　ファイ」

グレリア兄上だ。

「お楽しみのところ悪いんだが、父上が呼んでる。メイド長は休暇中だから、代わりにオレが来た」

いきなりの来訪に驚く俺を横目に、してやったりと笑うグレリア兄上。

仮にも次期国王の身。そんなメイドがやるような伝達役をする必要はないのにと、つい謝罪が口から出かけるも、グレリア兄上がそれを遮った。

「そんな顔をするな。オレから無理に、ファイを連れてくると言ったんだ」

「……分かりました」

「別に詰問されるとかそういう話じゃあない。父上もあれでファイの事を心配してるんだ。ファイをアフィリスに向かわせた結果、良いように事が転んだ。戦争の話じゃないぞ。ファイの話だ」

つまり。

「そんなに、分かりやすい人間じゃなかったはずなんですけどね……」

俺に何らかの心身の変化が起きた。

その事を何となくグレリア兄上は察しているのだと理解ができてしまう。

剣を握った事に後悔はない。

振るった事にも、後悔はない。

一方で、もう一度握る事があるのかと問われた時、即答はできない。

けれど、アフィリスでの出来事は、俺に何らかの影響を与えた。

「というわけで、ファイを少し借りる」

ラティファにそう告げたグレリア兄上に連れられ、俺は部屋を出た。

「アフィリスでの生活はどうだった。友人でも、出来たか?」

誰もいない廊下(ろうか)で、人懐(ひとなつ)こい笑みを向けながらグレリア兄上が聞いてくる。

「友人、ですか」

まずはじめに、レリックの顔が浮かんだ。

「少しだけ、明るくなった。ファイの雰囲気が。何か吹っ切れたような、そんな感じだ」

次に、そのキッカケをくれた騎士の顔が浮かぶ。

最後まで笑って、ツイていると言いながら死んで逝った、変わり者の騎士。

「だから、ファイが誰かを頼ったのかとオレは思った。友人でも出来たのかと。家族以外にも、気を許せる相手が出来たように見えた」

そして最後に、メフィアの顔が浮かんだ。

「アレを友人と呼んで良いのかは微妙(びみょう)なところですけどね」

「そう言えるだけでも進歩だ」

わしゃわしゃと。隣で歩くグレリア兄上が俺の頭を撫でる。

俺の成長を祝うかのように、心底嬉しそうに笑いながら。

「どんな話でもいい。父上にも何か話してやってくれよ」

普段はしかめっ面(つら)な事の多い父親を想う。

「きっと、喜ぶと思うから」

あの夜。

俺はメフィアと剣を交わした。

みんなを守りたい。

そんな理想を語る彼女らしい、真っ直ぐな剣だった。

「邪」の入りようのない剣。

しかし、みんなを守りたいなんて言葉は、結局理想でしかなく、その理想は既に破綻している。

何より、その先を、誰よりも俺が知っていた。

俺にとって彼女は眩しすぎた。

相容れないと思った。

それでも。

俺はメフィアの理想を否定できなかった。

かつて抱いた淡い想い。

みんなを守りたい。

いつだったか捨ててしまったその感情は、確かに俺も持っていたから。

恐らく、これから幾度も、メフィアは守れなかった人の数だけ傷ついていくのだろう。

理想を語るから、その理想を実現してみてくれと、周りの人間は一縷の希望に魅せられる。

そうして、守るはずだった己自身が、守られ続け、最後には誰も守れなかったと嘆き苦しむ。

かつての自分を見ているようで腹が立った。

斬り殺したくなった。

それでも、今の俺はファイ・ヘンゼ・ディストブルグなのだからと。＊＊＊ではないのだからと。踏み留まった。

笑って死ねる人生を。

後悔のない生を望むファイ・ヘンゼ・ディストブルグであるから。かつての先生のように、手を差し伸べた。

俺にできることなんて、何もないだろうけど。

それでも、力になれる事があるかもしれないからと、手を差し伸べた。

『やっぱり、強いわね……』

単なる剣の打ち合い。

しかし、力量差もあってか、そう長くは続かなかった。

『気に病(や)まずとも、あんたのその努力は、いつか報われる日が来る』

俺は駄目(だめ)だったけど、メフィア王女なら。

そんな想いを込めて言う。

『もし、何かに躓(つまず)いた時は、俺を頼ってくれてもいい。なに、お世話になったレリックさんへのささやかな恩返しでもある』

だから――

『叶うといいな。その理想』

第十八話　それは絶望

あの激動すぎるアフィリスでの出来事から約一週間。

グータラ生活を好む俺は、平和が一番であるとより一層思うようになっていた。

普段の生活は、寝ている間はすごく、懐かしい夢を見て。

起きたらちょっとした寂寥感に襲われる。

目が覚めるのは大抵夕方過ぎ。

少し待てば、夕餉の支度ができましたよ、とラティファが呼びに来て、家族みんなで食事をする。

俺の席はグレリア兄上の隣。

他の兄姉とはあまり仲が良くない、というより話した事がないので、グレリア兄上の好意で無理矢理席を変えてもらった。

そのお返しと言うべきか、父上にバレないように、グレリア兄上の嫌いな魚類系の料理を代わりにそぉっと俺が食べたりする。

食べ終われば湯殿に向かう。

それが終われば、庭園へ。

星の見える日は、決まって庭園で横たわりながら空を眺めて、二三時頃にまた就寝する。

多少の違いはあるが、基本的にはそれの繰り返し。

嗚呼、素晴らしきかなグータラ生活。

できる事なら一生こうして過ごしたい。

剣とかどうでもいいからこの生活を続けたい。

多分、いや、絶対笑って死ねると思うし。

ああ、悔いはないなって。

だからあと一日。

いや、あと一週間。

いやいや、あと一ヶ月！

いや、ここはやはり一年くらいは……

いっそ一〇年くらい続けて……

「……やっと来おったか、ファイ」

そんな事を思いながら、ずるずると床を引きずられて王の前にやってきたのは他でもない、俺——ファイ・ヘンゼ・ディストブルグその人。

引きずっているのは、メイド長ことフェリ・フォン・ユグスティヌ。

短い休暇を終えた彼女は、生気に満ち溢れていた。

その生気は俺を更生させる事に向ける気らしく、こんな事なら休暇を勧めるんじゃなかったちくしょう、と後悔している。

それは、数分程前の出来事だ。


『陛下とグレリア王子殿下が、何やら殿下に頼み事があるようなので、至急、陛下の部屋に出向いてほしいと連絡が……』

嫌な予感はしていた。

そろそろ何かあるような気がしていた。

だから俺は……！

伝令に来たフェリの視界を遮るようにバッ、と毛布を剥ぎ捨て、窓に向かう。

『バカめ‼　休暇を邪魔されてたまるか！　今回は逃げさせてもらうッ！！』

前回の失敗を生かし続けた前世を持つ俺だ。

同じ失敗はしない。

窓には手ずから細工を施してある。

前回は、逆に鍵に細工をされてまんまと捕まってしまった。

だからこそ、いっそのこともう鍵を取ってしまおうという大胆な行動に出ていた。

しかも、だ。

今回は、以前がっちりホールドしてきた裏切りクソメイドは不在。

これは勝ったと、逃げ切れるなと確信した。

取り敢えず逃げ切った後は庭園で睡眠の続きを……

なんて思っていたのに。

『あ、あれ、ちょ……嘘だろおい！』

窓を開けようと試みるも、ガタガタと音を立てるだけ。

というより、誰かが反対側から押さえているような抵抗を感じて、確認すべく覗き込んでみる。

『…………』

『…………』

目が合った。

茶髪のメイドさんと。

というより、ラティファだった。

『……お前そこで何してんの』

明らかに必死に窓を押さえているその姿に、俺は殺気を抑えきれなかった。

『え、えっと、新しいストレッチを……てへ』

コイツいつか絶対痛い目に合わせてやる。

俺は心にそう誓った。

『という事なので』

ガシリとフェリに掴まれようとも。

『行きましょうか、殿下』

お前マジで覚えてろよと、呪詛(じゅそ)のように俺は呟き続けた。


そんなこんなで今に至る。

「人間、抗う事を忘れたらおしまいだと思うんです」

「その熱意をどうして他の事に向けられんのだ……」

ダメだコイツと言わんばかりに手で顔を覆(おお)う父上。

「……グレリア、用件を言ってやれ」

父上は何を言っても効果はないと悟ってか、隣で立っていたグレリア兄上に話を振り、
面白そうに笑って俺が引きずられる姿を眺めていたグレリア兄上が代わりに話し出す。

「オレの婚約者が、水の国リィンツェルの王女っていう事は知っているよな」

「ええ、もちろん」

他の兄姉の事は知らないけれど、グレリア兄上の事だけは一応把握している。

「そこの三番目の王子が来月、誕生日らしい」

そこまで言われると何となく察しがつく。

「それを祝うパーティーの招待状が届いて、兄上が赴く羽目になった、と？」

「そうだ。流石に婚約者の面子を潰すわけにはいかない。オレが行く事は決定事項なんだが……」

チラリと意味深な視線を向けてくる。

…………

「まさか、俺が兄上に代わって政務を……？」

「だと思うか？」

ニッコリとしたグレリア兄上の笑顔が怖かった。

「……付いてこいって事ですよね」

「分かってるなら、はじめからちゃんとそう言え」

「ですけど、なんで俺なんです？」

「親心ならぬ兄心だ。少しでもファイの刺激になってくれればと思って父上に進言したら、許可が出てな」

その言い方はずるい。逃げられないじゃないか。

実際に、そのひと言で断る気は失せてしまった。

変に護衛だとかって言葉を濁されたりしていたら、言い逃れできたと思う。けれど、ああ言われてしまうともう逃げられない。

「……俺が付いていくとなれば、新たに護衛を増やす羽目になります」

「それはもう既にフェリの許可を取った。彼女がファイの護衛として付いてきてくれる手筈になっている」

「……そうですか」

無理だった。

一矢報いる隙もなく完璧だった。

「先方に向かうのは遅くても一週間後。オレもリィンツェルで色々とする事があるから、滞在期間は二週間程と思っててくれ」

「分かりました」

そう言った俺は、もう話は終わりだろうと決めつけ、立ち上がって部屋を後にしようとする。

「なぁファイ」

待てよというニュアンスを含めて、グレリア兄上が俺の名前を呼ぶ。

肩越しに振り返ると、いつもの笑顔があった。

「兄弟水入らず、ってわけにもいかないが、ファイとは初めてだよな。それに久し振りの遠出だ。オレは楽しみにしてる」

〝クズ王子〟という呼び名が広まっていた事もあって、俺は今までグレリア兄上からの誘いだろうと断り続けていたし、兄上もしつこくは言ってこなかった。

そう、今までは。

何か別の理由があるのか、それは分からないけれど、こうして話す機会があるたびに俺は思う。

「なら、時間がある時を、教えてください。向こうで一緒に何かしましょう」

「そうだな」

俺はやはり、グレリア・ヘンゼ・ディストブルグという人間が好きなのだ。

だから、彼には心を開いてしまっているのだと、また実感させられた。

第十九話　花屋

グレリア兄上と父上との話を終えて数十分後。

俺は王城からの抜け道を使い、城下町にやってきていた。

もちろん、護衛はいない。

身なりも変えており、王子というよりただの育ちのいい子供然とした服装だ。

元々、引きこもってばかりいる俺の顔を知っている人など一部だけであり、城下町に顔を出したところでなんの問題もない。

「花屋はいるか」

やってきたのはこぢんまりとした一軒家。

掲げられた看板には花の絵が描かれており、ひと目で花屋と分かるが、繁盛している様子はない。

というのも、この世界において花は高級品だ。貴族間の贈り物などに使われる程度で、あえて花屋を使う人間は少ない。

「これはこれは、ファイ王子殿下。本日は如何なされました？」

ガラガラとスライド式の扉から出てきたのは、三〇歳程の男性。

名をウォリック。俺の数少ない知人の一人であり、俺が花屋と呼んだ人間である。

「花を買いに来たのと、少し世間話がしたい。上がっていいか？」

「世間話とは珍しい。この通り今日は客足も悪いですし、お付き合い致しましょう。紅茶でよろしいですか？」

「いや、すぐ終わるから大丈夫だ」

『Ｏｐｅｎ』と書かれていた札が裏返され、『Ｃｌｏｓｅ』に変わる。

「どうぞ。奥でお話をお聞きしましょう」

「助かる」

促(うなが)され、中へと入る。

俺自身花が好きだった事もあって、この花屋には時折こっそり訪れていた。

ディストブルグ王国で花屋といえば三つしかない。

更に、城下町ではこの花屋しかないので、俺は単に花屋と呼んでいた。

「それで、まずは入(い)り用の花をうかがいましょうか」

「いつもと同じで彼岸花(ひがんばな)を七輪。サービスで一輪増やすなんて事はやめてくれよ」

「ファイ王子殿下はいつもそれですね。何か思い入れでも？」

苦笑いしながら見つめてくる花屋は、いつもこの言葉を投げかけてくる。

別名「死人花(しびとばな)」なんて物騒(ぶっそう)な花を買う物好きは俺くらい、とも言っていた。けれど確実に買い手がつくので一番に仕入れてますけどね、と笑ったのはいつだったか。

「『また会う日を楽しみに』。そんな花言葉があります。そして、七輪。もしやファイ王子殿下には、会いたい人が七人いるのでは？」

「花屋」

勝手に詮索(せんさく)を始めた花屋に対してひと言。

「あんたは売り手で俺は買い手。ただそれだけだ。藪蛇(やぶへび)は嫌だろう？」

「失礼致しました」

「あぁ、それでいい。花は帰りに用意してくれ。で、世間話なんだが……」

だいたいひと月に一度のサイクルで、俺はこの花屋に通っていた。

だけれど、今回はいつもより少しばかり早い。

何か事情があったんだろうと、花屋も察してくれた。

「確か前は、水の国リィンツェルで花屋を営んでたって言ってたよな」

「ええ、ディストブルグ王国に来る前ですね。だいたい五年程前でしょうか」

ちょうど俺がここに通い始めたのが五年程前。

オープンしたばかりなんですと、そんな話をしたのも覚えている。

「リィンツェルについて少し聞きたい事がある」

「……ふむ」

花屋はしばし黙考。

グレリア兄上が水の国リィンツェルの王女と婚約をしている話は、かなり有名である。

にもかかわらず、俺は兄上ではなく花屋に、リィンツェルに関して尋ねている。そこに何らかの事情があると踏んだのか。

「私で良ければ力になりましょう」

「助かる」

快諾だった。

疑問に思われても、あまりきちんとした理由はないので説明に困るところだった。花に関する事以外には特に興味を持たない花屋は、こういう時に都合がいい。

「あそこはどんな国だ？　今度リィンツェルに行く事になったんだが、予め知っておきたい」

嘘ではない。

ただ、気にかかっていた。

グレリア兄上が伊達に俺の兄を一四年やってないと笑うのと同様、俺も伊達にグレリア兄上の弟をやっていない。

少しだけ、いつもと雰囲気が違ったような。そんな気がした。

「資源豊かな国ですよ。ただ、花よりも真珠といった宝石の方が好まれる傾向にあって、花屋には向いていない地ではありましたね」

「なるほど」

ここまでは本当にただの世間話。

ここからが本題。

俺があえて、貴族が祝い事などに使う花を扱う花屋に、足を運んだ理由。まともに頼れる人間が花屋しかいなかったと言えばそれまでではあるが、一応ちゃんとした理由がある。

貴族と関わりが深かった花屋だからこそ、リィンツェルの内情を少しくらいは知っているのではないか、という理由が。

「じゃあ、家族仲はどうなってる?」

ここで指す家族とは、王家。

とりわけ、王子王女の仲の事である。

「………少し、お待ちください」

花屋はそう言って立ち上がると、すぐ側にあった引き出しを開け、紙と筆を取り出す。

「何ぶん、五年も前の話です。齟齬(そご)はあるでしょうが、それを承知で聞いて頂ければ」

「分かっている」

「であれば結構です」

花屋は俺の前に紙を置き、さらさらと筆を走らせる。

第一王子、第二王子、第三王子。

第一王女、第二王女。

最後に、国王。

「まずはじめに、第一王子は王位継承権こそ第一位ではありますが、病弱ゆえにそれは肩書きだけとなっています」

紙に書かれた第一王子の文字に、バツがつけられる。

「幼少の頃はまだ身体が弱いというだけで済んでいたのですが、五年前の時点で既に政務を満足にこなせる身体ではなかったと聞いています」

そして次に第二王子。

「第二王子には婚約者が一人。ウェリトン公爵家の長女がそのお相手だったはずです。ウェリトン公爵家は代々、リィンツェル王国騎士団の騎士団長を輩出してきた家系。国王も蔑ろにはできず、婚約者に指名したと聞き及んでいます」

紙に付け加えられる、ウェリトン公爵家の文字。その下には騎士団と記される。

「第三王子ですが、こちらにも婚約者が一人。リアレス侯爵家の長女がそのお相手です。こちらは数十年前に設立された、魔法師団と呼ばれる魔法師部隊の纏め役を担う家系です」

第三王子の側に、リアレス侯爵家、魔法師団という文字が付け加えられる。

「騎士の誇りを重んじる騎士団と魔法師団は馬が合わず、現国王はその蟠りを解消する為に、第一王子以外の王子達に彼らの娘を嫁がせるように事を進めました。ですが……」

「予想外だったのは長男の病弱さ、か」

「ええ。ですのでもし万が一があった時はお家騒動になるのではと、不安を抱いていた貴族は五年前にも多くいました」

グレリア兄上がリィンツェルの王女と縁を結んだのは、少なくとも五年以上は前。

「裏目に出た、というわけか」

「そうなりますね」

そこで花屋の手が止まる。

「王女については何もないのか？」

「第一王女は、ファイ王子殿下の兄上であらせられるグレリア王子殿下の婚約者です。それ以外の何者でもありません。ですが、第二王女はどちらかといえばファイ王子殿下に似たお方だったもので……」

「引きこもっていて情報がない、と」

「そういう事です」

そう言うと花屋は、俺に見せていた紙を四つ折りにして、縦にビリビリと破き始める。

「今日、私はファイ王子殿下にいつも通り花を売った。その際に少しだけ世間話をした。他愛ない世間話でした。そうですよね？」

「……あぁ、そうだ。それで間違ってない」

「ありがとうございます」

再び花屋は立ち上がり、今度は花の準備を始める。

注文した彼岸花を、部屋に飾れるようにと、パチンパチンとハサミで切って整える音が響く。

「殿下」

そんな中、花屋が俺を呼ぶ。

「私が殿下に内情をお教えした理由、分かりますか？」

王家の内情という、雑談としては繊細に過ぎる情報だ。

間違っても、知り合いだから、なんて理由ではないだろう。

「花を愛でる人間に、悪い者はいないから。ただそれだけですよ。強いて言うなら、ファイ王子殿下は開店当初からのお得意様ですからね。少しくらいサービスしてもバチは当たらないでしょう」

「……」

「ただ、今の時期のリィンツェルは少し危ないやもしれません」

花屋の話が本当なら、警戒して損はない。

俺にとって、死なせてはいけない人間とはグレリア兄上。

無意識のうちに腰の辺りに手が伸びる。

「王子という立場は、争いや厄介事の火種となり得ます」

パチン、と。

ハサミの音が止まる。

「十分にお気をつけを。私としても、大事なお客様を失いたくはありませんから」

花屋はそう言って、綺麗な花束に纏められた彼岸花七輪を差し出してくる。

「頭に入れておく。やっぱり来てよかった。ありがとう花屋」

彼岸花の代金の銀貨五枚と、感謝の印として金貨三枚を置く。

金貨一枚あれば、五人家族が一ヶ月生活するのに不自由しない。それが三枚。

父上から渡されているお小遣いの一部ではあるが、それなりに破格な代金であった。

「……五年も前の話ですよ」

言外に金貨三枚の価値はないという。

元々それなりに有名な話であり、受け取れないと言おうとする花屋であったが——

「気持ちの問題だ。そこは受け取っておけ、花屋」

「……またお越しください、ファイ王子殿下」

「あぁ、また来る。次も用意しておいてくれよ、彼岸花」

「ええ、もちろん」

ガラリ、とスライド式のドアを開ける。

「またのお越しを、お待ちしております」

珍しく、強く感情の込められた花屋の言葉が、やけに耳に残った。

第二十話　クズ

あれからちょうど一週間後。

俺達はディストブルグを発ち、三日の移動を経て水の国リィンツェルに到着していた。

予想より早く着いたなと笑うグレリア兄上に、リィンツェル王国への挨拶は三日後だからそれまでは別行動だと一方的に言い渡され、今に至る。

「……でも、よかったんですか殿下」

「ここで殿下はやめろ。目立つだろ」

カチャカチャとフォークとナイフで料理を切り分けながら、俺はフェリを半眼で睨む。

時間も時間だった為、取り敢えず昼食を食べようとレストランに入店していた。

フェリの視線の先は俺の腰あたり。ちょうど〝影剣〟を下げているところだ。

「では、ファイ様、と」

「殿下呼びよりはマシ、か。まあそれでいい」

俺は小さく切り分けた肉をもぐもぐと数秒咀嚼した後、ゴクリと呑み込んでから話し出す。

「よかったんですか、って何がだ？」

「剣ですよ。あれだけ隠したがってたじゃないですか。なのにどうして――」

「そもそも！」

不思議そうに尋ねかけたフェリの言葉を、大きな声で無理矢理遮る。

「今回は何かとおかしすぎる」

あまりに、引っかかる事が多すぎた。

「ただのパーティーの招待ごときに騎士団の同行。しかも一〇〇人はいるぞ」

普段なら、多くて三〇人程度。

ディストブルグ王国とは友好国で、次期国王の妃（きさき）となる王女の祖国（そこく）、加えて国境を接している国に向かうのに、この人数はあまりに不躾（ぶしつけ）すぎる。

それでも、行かないという選択肢が選べない以上、こうするしかなかったのは分かる。

グレリア兄上は、俺（ファイ）もいるからだ、と言っていたが、たとえそれが真の理由だとしても、あまりに多すぎた。

「察するに、今のリィンツェルが危ない地という認識が、兄上達にはもとよりあったというわけだ。そんな場所にグレリア兄上が進んで俺を連れていこうとするとは思えない」

「…………」

「だから誰かが意図的に俺を引っ張り出したと考えるのが道理。で。その犯人はあんただろ、メイド長」

「っ……」

再び切り分けた肉を口に運ぶ。

訪れる沈黙。

その無言の時間が明確に答えを語っていた。

「別に責めてるわけじゃねえよ。あんたの忠誠心の高さは俺も知ってる。俺に対するメイド長の評価は恐らく、〝英雄〟を斃せる人間。だから今回、俺を引っ張り出した。グレリア兄上の為に」

王家の為ならば汚名をかぶろうが何だろうが、己の手を汚す事に躊躇いはない。それがフェリ・フォン・ユグスティヌという人。

「多分、俺が思うにグレリア兄上が言ったんだろう。時期が違えばファイを連れていきたかった、なんて事を。そこで都合がいいと考えたメイド長が、俺を連れていこうと説得したってところか」

「……疑わないんですか？　私がアフィリスでの出来事を話したのでは、と」

「疑わねえよ。少なくとも、自分から約束を違えるような人間には見えない。父上に詰問された、となれば話は別だろうが」

そんな事は絶対にあり得ないと俺は笑う。

普段はしかめっ面の多い父上だが、あれで穏健な人間だ。忠臣であるフェリを詰問するような真似をするとは思えない。

むしろ、話さないのはフェリなりに考えがあっての事だと勝手に解釈してしまうだろう。

「…………」

再び沈黙。

目の前の食事に手をつけながら、言いづらそうにしているフェリなりのタイミングを待つ。

「……ええ、その通りです。多少の違いはありますが、大方ファイ様の言う通りです」

いつだったか。

フェリは俺を、利己的に己を失わず、冷静になれる、と評した事があった。

恐らく彼女は、いずれ自分の企みがバレると分かっていたんじゃないだろうか。

分かっていて、引っ張り出したんだと思う。

グレリア兄上の言葉という強制力を以て。

「もちろん、斬られる覚悟はあります。ファイ様の覚悟を存じ上げている上で、こういう選択を採ったのですから」

一四年もの間貫き続けた、剣を握らないという信念。

それを破る事が俺にとって何を意味するのか。

俺を近くで見てきたフェリなら、理解しているはずだ。

ただ、彼女は勘違いをしている。

「さっき言ったろ。責めてるわけじゃないと。俺が剣を握らない理由なんて所詮はエゴでしかない」

剣を握りたくはない、と俺は言った。

そこに嘘偽りが入り込む余地はない。

だけれど、大切な者とそのエゴを天秤にかけた時、俺が優先するのは間違っても後者ではない。

「私情を挟んで大切な人を失ったとなれば、俺はまた死にたくなる。人を守る為に剣を執る事は別に忌避する事じゃあない」

たとえその結果、同じ結末を迎えようとも。

剣を振る度に、かつての自分に近づいたとしても。

破滅に歩み寄るとしても。

もう、誰かを失う事だけは。孤独になる事だけは、嫌なんだ。

心の慟哭を隠すように、俺は笑う。

「それにグレリア兄上が国王になれば、俺は晴れてグータラ生活に専念できるしな。兄上は大切な人だ。失うわけにはいかない」

「あ、貴方ってお人は……」

「諸国に轟く〝クズ王子〟。俺はそれ以上でもそれ以下でもねえよ」

だから勝手に美化するな、と言外に言う。

「だが、俺の休暇を邪魔した罪は重い」

父上との約束では、アフィリスでの働きが評価され、もう少し休暇は続くはずだった。

もちろん、口約束なので絶対でもないし、父上が覚えているかも曖昧ではある。

それでも、俺の平和なグータラ生活を邪魔した罪は重い。

「だから——」

食事の手を止めて言う。

「絶対に、死ぬ事だけは許さない」

まっすぐに、フェリの目を射抜きながら言ってのける。

「俺が剣を握るうちは、兄上はもちろんメイド長だって守ってみせるさ。だから、勝手に死ぬ事だけは許さない」

「………」

パチクリと。

フェリは目を点にして見つめ返すだけ。

「……何か言いたい事でもあるのかよ」

「いえ……ですけど、変わったなと」

「俺が、か？」

「ええ、ファイ様が、です」

もとより俺はこんな人間だ。

別に変わった事なんて何一つない。

「多分、以前なら大切な人間を連れて国許に帰ろうとする選択肢を採った気がします」

〝クズ王子〟という汚名を利用して、逃げたんじゃないか、と。

間違っても剣を握るなんて選択肢は採らなかったとフェリは言う。

「……ん」

思えば、アフィリスの時はそんな事を思っていた気がする。フェリだけなら十分逃がせる、と。

「私は良いと思いますけどね、今のファイ様は」

フェリは嬉しそうに微笑む。

まるでグレリア兄上が向けてくる笑みのように。

「誰かの為に戦える人は凄く、格好いいと思います」

「ふはっ」

その言い方だとまるで、俺がまともに聞こえるじゃないかと笑う。

「バカぬかせ」

カチャリ、とテーブルにフォークとナイフを置く。

「言ったろ。俺は〝クズ王子〟であって、それ以上でもそれ以下でもないって」

俺が自分を誰よりもクズと呼び、それを肯定するのには訳がある。

というより、暗示に近い。

「それに」

剣を振るう際、俺の場合は感情が表情に出てしまう。

だから笑っている。それを隠す為に。

「剣を握る時こそ、〝クズ〟扱いしてもらわねえと俺が困る」

修羅となれ。

畜生に堕ちろ。

育ててくれた先生はよく言っていた。

自分を善人と思えば思う程剣は鈍る。だから畜生くらいに思っていた方が丁度いい、なんて言葉を。

実際、その通りだった。

良心は剣を鈍らせる。

だから、剣を握る時こそ〝クズ〟扱いしてもらわないと俺が困る。

「俺程、格好いいって言葉が似合わない人間はいねえよ」

ただただ〝クズ王子〟。

剣を握り、人を殺したその時から、この身は畜生に堕ちた。

前世のあの世界を生きた人間は形而上の存在に縋らないし、そもそも信じていない。

この身一つ、それだけが頼り。

だからこそ、誰かに救われるような人に投げかけられるべき言葉は似合わない。

心のどこかでは救いを求めている。

それは自覚している。その上で、俺は救いは求めていないと言うだろう。

「ゆっくり食べとけ。俺は外に出てる」

ポケットから銀貨を数枚テーブルに置いてから立ち上がる。

ぽんぽんと軽く〝影剣(スパーダ)〟を叩き、護衛は必要ないとジェスチャーをしながら歩き去った。


「……はぁ」

店の外に出た俺は、フェリが付いてきていない事を確認してから言葉をもらす。

「んな言葉俺に使うんじゃねえよ」

先生達(みんな)から弱いと称された意味を、俺は既に自覚している。

温かい言葉は苦手だ。

メフィアも言っていた。

俺が、優しい人だと。

本当に、やめてほしいと思う。

「剣が、鈍るだろうが……」

今の心を映すかのように曇った鈍色の空を見上げた。

「どうして、勝手に人を美化するのかねアイツらは」

目を瞑れば、はじめに浮かぶ光景は剣を振るう自身の姿。

先生の教えの通り無理矢理に笑みを貼り付けながら、人を斬り殺す光景。

自分が辿った過去(じごく)を見た。

自分がまた辿るかもしれない未来(じごく)を見た。

自分が辿ろうとしている今(じごく)が、見えた。

「俺はどこまでも〝クズ王子〟。それだけは変わらねえ」

——そうだよな？

腰に下げた〝影剣(スパーダ)〟に手をあてながら問う。

返事は、なかった。

第二十一話　海

数分後、フェリが店から出てくる。

特に急いだ様子もない。

俺が一人になりたかった事を見抜いてなのか、それは知り得ないけれど、俺が言葉に遠慮を混ぜ込む人間ではない事を理解してるんだろう。

お釣(つ)りなのか、ジャラジャラと鳴る小銭(こぜに)を手に持ちながら呆れ顔で近寄ってくる。

「殿下。一食の食事代にしては置きすぎです」

はい、と言いながら俺の手を取り、崩れた小銭を渡してきた。

店の外に出たので、呼び方は元通り。

「別に返す必要なんかねえのに」

「仕える主の金銭を懐に入れる臣(しん)がおりましょうか」

「……ん」

確かに、あげると言われたならまだしも、この場合であれば返すのが普通かもしれない。

真面目だなと思いつつ、渡された小銭を少し覗く。

置いてきたのは確か銀貨四枚。手に握られているのは銀貨三枚と数枚の銅貨。

「メイド長。あんた自分の分、自分で払っただろ」

「それがどうかしましたか？」

「いや、どこまでも真面目だなと思って」

ズボンのポケットに入れていた巾着袋に小銭を収める。

「殿下が私との仲を深めるべく食事をしたと言うのなら、男の甲斐性と見なして素直に奢られてもいいですよ」

「ふはっ」

堪らず笑ってしまう。

それだけはないと、俺が間違ってもその言葉を肯定しないと知っていて、フェリは言う。

「残念ながら、俺は強い女性は恋愛対象外なんだ。主従の仲を深めるって意味で解釈していいなら、次は奢られとけ」

元々恋愛をする気もない。

立ち止まったままでは通行の邪魔になるか、と思い、当てもなく歩き始める。

強い、という言葉が指す意味は様々。

メンタルでも、単純に腕っ節でもなんでもいい。それさえ満たしてれば誰しもに同じことが言えるから。

アイツらは、自分が守らなきゃいけない、って考えが時に前面に出てしまう。だからか、人の気を知りもしないで真っ先に死んで逝くようなヤツばっかりだった。

だから俺は強い人が苦手だ。

強い女性は、苦手だ。

「どこか行きたいところでもあるか？」

「それ、普通は臣が聞く事だと思うんですが」

「あまり外に出てなかったせいか、寝る以外にまともな時間の潰し方が浮かばん」

流石のフェリもこれには苦笑。

たまに抜け出して花屋に向かう事はあるけれど、本当にそれだけ。

俺が彼女に意見を仰ぐのも当然の帰結とさえ言える。

「そう、ですね……」

んー……と思案する声の後、程なくして、フェリは水の国リィンツェルらしい場所を伝えてきた。

「海、なんてどうでしょう」

「海か」

「凄く、綺麗ですよ。庭園に負けず劣らず」

「……ん。なら、行こう」

ディストブルグは内陸国だ。だから海とは縁がない。

魚介類は交易によってもたらされてはいるが、海を実際に目で見た事は一度もなかった。

「でしたら、私が道を聞いてきます。少々お待ちください」

そう言って駆けていく彼女の後ろ姿は――昔の友人を想起させた。

多分、さっきの会話が原因だ。

悪戯好き。それでいて、好意を一切隠そうとはしない女の子。

――弱っちい癖に誰よりも優しくて、だから守ってあげたくなる。

俺の事をそう言っていた、強い女の子だった。

頼んでもないのに、勝手に俺を守って死んで逝った強い女の子。

だから俺は強い女性が苦手だ。


『あはっ、守れてよかった……大好きだよ＊＊＊』


笑いながら言ってきた、末期の言葉が耳に残っている。

彼女の言葉は今でも忘れられない。

ティアラ。

名前も、はっきり覚えている。

「……全然似てねえよ、やっぱり」

なんでティアラとフェリを重ねてしまったのか。

自分でもよく分からない。

性格は全く違う上に、実力も圧倒的にティアラの方が上だ。

それでも俺は、フェリを見てティアラを思い出した。

であるならば、彼女のような危うさがフェリにもあるという事か。そのくらいしか考え付かない。

「気を、つけないとな」

誰かが目の前で死ぬ事だけは、もう二度と許容するわけにはいかなかった。

「先客がいるな」

歩いて数十分。

距離にして数キロ先に、海を観られる場所はあった。

白い灯台が立ち、堤防のようなものが整備されていた。

そこに腰かけ、釣りをしている男。

その服装には見覚えがあった。

「よく釣れるか」

「いやぁ、全然釣れねえや……って殿下？」

驚いた様子で答えが返ってくる。

男はディストブルグ王国騎士団の服装だ。

「兄上の護衛はしなくていいのか？」

呆れ顔のフェリが怒鳴る前に、小さく笑いながら聞いてやる。

般若(はんにゃ)のような顔をしたメイド長も近づいてきている事に気づいてか、少しぎこちなくもあったが、騎士の男は釣竿(つりざお)を置いて話し出した。

「団長とか三〇名程はグレリア王子殿下の護衛で、後のヤツらは各々街の警戒をっつーか散策(さんさく)をといいますか、自由行動といいますか……」

「で、釣りですか」

声が来た。

どこか責め立てるような声音(こわね)。

フェリの声だ。

「う、海の警戒を……」

「危険人物が釣れるといいですね」

「うぐっ」

相当お怒りの様子だった。

だけれど、俺達も俺達でのんびり気ままに過ごしているのだ。

兄上の護衛を任されたにもかかわらずサボって釣りをしているのなら俺だって窘(たしな)めるが、そうでないなら見逃しても問題ないだろう。

騎士の男の隣にどかっと腰かける。

「……ん？」

どうにかして話題をそらし、フェリからの説教を回避したい。

そう思って止まなかった騎士の男が、目敏(めざと)く見つける。

「殿下、いつの間に帯剣なんてしたんで？」

「貴方という人は……」

デリカシーというものがないんですか。

そう怒ろうとしたフェリであったが、誰もが事情を知っているわけではない。彼らにとって〝クズ王子〟は、決して剣を握ろうとしない堕落した王子。そういう認識なだけなのだ。

「フェリも座れ。風が気持ちいいぞ」

彼女の言葉に被せるように呼び、騎士の男、俺、フェリと並ぶ形になる。

取り敢えずフェリの怒りは止むだろう。もちろん、一時的だろうが。

俺が彼を庇うような真似をするのも、サボる事にちょっとした同族意識が湧いたのかもなと思う。

「いつ帯剣したか、だったか。リィンツェルに着いてからだ。フェリが危険だ危険だと五月蠅くてな。見かけ倒しではあるが帯剣をする事になった」

剣を下げている人間と丸腰の人間。どちらが狙われやすいかと聞かれれば、誰もが後者であると答える。即席の言い訳ではあったが理にかなっていた。

「ははっ、そりゃいい。俺もこの街はちっとばかしきなくせえと思ってたんですよ。見かけ倒しでも剣は持っておいて損はねえですよ」

騎士の男は置いていた釣竿を再び手にしてから、仕掛けの部分を投げ入れる。

この期に及んでまだ釣りを続けるんですかとフェリは呆れるが、俺は別に気分を害されたわけでもないので許容する。

「殿下はどう思いました？　この街を見て回って」

騎士の男がゆっくりと釣竿をしならせながら横目でうかがう。

「そう、だな」

レストランで食事をして、少し歩いただけ。

それでも思うところはあった。

「活気がないわけではないが、あまり感じられない。けれど、寂れているわけでもない」

「嵐の前の静けさ。そう思いません？」

俺の返答が期待通りだったのか、騎士の男は少しばかり得意げに言ってきた。

「何かが起こると言いたいのか？」

「まさか。そんな不吉な事を殿下の前で言えるわけがないでしょう」

ただ……と言葉は続く。

「危機感を抱く事は大事でしてね。普段から剣を持たないと言い切っていた殿下が、こうして帯剣している。それを見た下の者は、あの殿下が、と気を引き締めるもんなんですよ」

隣を見てみれば、フェリも確かにと頷いてしまっている。

話が上手いと、そう思う。

「殿下も警戒だけは怠らないでください。ここが、ディストブルグではない事をお忘れなきよう」

「忠告、有り難く受け取らせてもらう」

「少しでも殿下の力になれたなら、釣りをしてた甲斐もあるってもんですよ」

魚はかからなかったのか、何も付いていない針が海面から顔を出した。

「何ならどうです」

騎士の男は隣に置いていた剣を、空いている手で掴む。

「剣の稽古なんて。これでも小隊の長を務める身」

その言葉にフェリは思わず顔を引きつらせた。

騎士の男は、それが剣を握らないと公言している俺に剣の稽古をさせようとする事に対してだと解釈をするが、実際は違う。

「……剣の稽古をするなら私が相手になりましょう」

「そうだな。ムサい男とやるより、少し歳が上でも女性とやる方が気分はいい」

「……殿下」

鋭い視線が右から飛んでくる。

視線だけで人を殺せるんじゃないか。そんなことすら思ってしまう。

「おうおう、お二人とも仲が良いようで」

フェリの視線が俺に向いたのを良いことに、騎士の男が立ち上がる。いつの間にか片付けた釣竿と、置いていた剣を腰に下げて。

「邪魔すんのも悪りぃんで俺はこれにて失礼させてもらいますぜ」

「あっ、ちょ、待ちなさい！！！」

脱兎の如く駆け出す男。

やはり、サボりだったんだろう。

潔すぎて笑いしかこみ上げてこない。

「まぁいいじゃねえか」

立ち上がって追おうとするフェリを止め、ゆっくりと身体を倒して仰向(あおむ)けになる。

数十分前まで曇っていた空は、少し晴れ、青空がところどころに顔を出していた。

「少し、歩き疲れた。ここでゆっくりしよう」

フェリはあくまで俺の護衛。たとえ俺が自分よりも強いと分かっていても、護衛の任を放棄(ほうき)してまで追いかけるつもりはなかったのだろう。

気づくと、彼女の足は止まっていた。

「剣を、握る機会が来ないと良いんだけどな」

〝影剣(スパーダ)〟の存在を感じながら言う。

自身の一部といってもいいそれは、俺にとって強い存在感を示し続けている。

「そう、ですね」

フェリは悲しそうな顔をしながら言う。

「来ないと、良いんですけどね」

寂寥感に塗れた声音で彼女は小さく呟いた。

第二十二話　ウェルス・メイ・リィンツェル

「ようこそ、リィンツェルへ」

三日後。

グレリア兄上と共に案内されたのは、一室の広間。

煌びやかな装飾品が設えられ、それらが威厳を示していた。

だけれど、部屋に入って一番に覚えたのは違和感。

何よりも先に、俺はそれを感じ取った。

何故ならば。

「リィンツェルで過ごす際は、ディストブルグと思って寛いでくれたらいい。遠くからのご足労、感謝する」

玉座に座っているのが、グレリア兄上と然程変わらないであろう年の頃の青年だったから。

「うちの家系は病弱な人間が多くてな。我一人での歓迎となってしまったが、他意はない。許してくれ」

燃えるような赤髪の青年。

不敵に笑うその表情から、野心のようなものが見え隠れしている。

「ディストブルグの縁者が来てくれたと知れば、寝込んでいる者達も喜ぶだろう」

青年は小さく笑い、グレリア兄上に視線を向ける。

「グレリアとは面識があるが、そっちは弟君でよかったかな」

続けて俺に向く。

「ファイ・ヘンゼ・ディストブルグと申します」

「ファイ、というと下の弟か。噂はリィンツェルまで届いてる。個人的に話してみたくもあったんだ」

俺の噂、といえば今までであれば一つだけだった。

しかし恐らく、目の前の青年が知りたいのは別の噂。

最近まで続いていた戦争の方の噂だろう。

「アフィリスを勝利に導いた英傑か。ただ堕落を好む〝クズ王子〟か。本当の君はどっちなんだろうな？」

青年は値踏みするように見つめてくる。

あまり経験したことのない類いのプレッシャー。

それでも、俺の答えは決まっていた。

「さぁ。どうなんでしょう」

肯定も、否定もしない。それが俺の答え。

「…………」

「…………」

場に降りた静寂が長く続く事はなく、諦めたように青年が折れる。

「表情に変化はない、か。とんだ食わせ者らしい、お前の弟は」

「人の弟を試すような真似をするな、ウェルス」

ウェルス・メイ・リィンツェル。

リィンツェル王国、王位継承権第二位。

それこそが、目の前の青年の正体だった。

「悪い悪い。癖なんだ、見逃してくれ。改めて、ウェルス・メイ・リィンツェルだ。よろしく頼む」

今度は人懐っこい笑みを向けてくる。

表情が豊かな人だ。俺はそう思った。

「いえ、別に気にしてませんので」

「そうか。ならいいんだが」

俺はくるりと辺りを見渡す。

今ここに、護衛は一人とていない。

ウェルスから申し出があって、三人だけで話す事になっていた。

もちろん、連れてきた騎士団の者は反対したが、グレリア兄上自身が構わないと言ったのと、フェリが許容した事もあって、実現するに至った。

フェリが許したのは、恐らく俺の存在があったからだ。

「にしても、よく赴く気になったな、グレリア」

「……どういう意味だ」

「うちの父上が寝込んでいるのは一年前からだ。もう長くはないと医者にも言われた。いくらメビアの為とはいえ、来なくても責めはしなかったというのに」

メビア・メイ・リィンツェル。

グレリア兄上の婚約者である。

事情が事情なだけに、言外に王位継承権の問題をちらつかせている。

「……お前の兄上の容態(ようだい)はどうなってる」

「ダメだな。昨日も血を吐いてたよ。医者は口ごもってはいるが、恐らく兄上の方も長くはないと我(わたし)は受け取っている」

「メビアは、看病か」

「あぁ、我(わたし)が、来なくて構わないと言った。ここに顔を出さない無礼については見逃してほしい」

グレリア兄上とウェルスは旧知の仲なのか、言葉に遠慮が感じられない。

「お前が、継ぐのか」

「……今のところはな。だが、安心してほしい。諸外国に伝わっているリィンツェルの内情は全て偽り。実際はもう既に、王位継承権の問題については解決している。確かに数年前は殺し合いも覚悟していたが、今は漁夫の利を狙うアホどもをあぶり出しているに過ぎない」

「…………」

グレリア兄上が口ごもる。

あぶり出すその理由は何か。考えられる選択肢は限られるから。

「我の考えが気になるか」

ウェルスがいたずらに笑う。

「まぁいい。遅かれ早かれ知られる事だろう。なぁ、グレリア」

兄上の、名前を呼ぶ。

「我は、リィンツェルは、近く戦争を始めるつもりだ」

どこと、とは言わない。

それでも、ディストブルグでない事だけは話の脈絡から明らかだった。

「正気ですか、ウェルス王子」

ここでようやく俺は口を挟む。

剣を握る事を誰よりも忌避する俺には、戦争を自ら始める神経が分からない。

「正気だ。もとよりこれは我の中で数年も前から決まっていた事。グレリアなら分かるだろう？」

「お前、まだあの事を引きずって……」

グレリア兄上が苦虫を噛み潰したような表情を見せる。

情報が足らなすぎる。俺だけが、理解が及ばない。

「王子の肩書きを持っているだけで、常に行動は制限されてきた。まるでカゴの中の鳥だ」

感情を込めた声をもらすウェルスは、昏い瞳でグレリア兄上を射抜き続ける。

どういった類いの話なのか、彼の様子からなんとなく理解はできてしまった。

「生みの親が殺されたというのに、王子であるから、自分一人の問題では済まないからと、宥められ続けてきた」

だから、王になれる今こそ戦争を始めるのだろうか。

叶わなかった復讐を始めるという事なのだろうか。

彼の一挙一動を注視するように俺の目が細まっていく。

「グレリア」

ウェルスが、俺と同様に厳しい視線を向ける兄上の名を呼んだ。

「お前の言いたい事は分かる。それでも、我の悲願なんだ。信頼しているお前だから、打ち明けた。邪魔だけはしてくれるなよ」

「……オレは、お前の弟の誕生日のパーティーに招待されたからやってきただけだ」

だが、と言葉は続く。

「復讐をして何になる。何を得られる。民を無闇に疲弊させ、殺す事が王のやる事とは、オレは思えん」

憎しみは何も生まない。

復讐を遂げたところで、何も帰ってはこない。

「あぁ、そうだ。グレリアの考えは正しい。それでも我の考えは変わらない」

「……話にならん。オレは聞かなかった事にする」

怒り心頭に発して、グレリア兄上は部屋を後にする。

バタン、と大きな音を立てながら、扉が乱暴に閉められた。

「……優しいヤツめ」

復讐に取り憑かれ、国すらも巻き込む事がどれだけ愚かな行為か。

それを理解するゆえにグレリア兄上の怒りは止まらなかった。

その様子を見て、ウェルスは優しいと評す。

「ウェルス王子」

「……なんだ？」

グレリア兄上が去っていった扉を眺めながら、ぼーっと感傷に浸っていたウェルスの名を呼ぶ。

「貴方は本当に、復讐がしたいんですか？」

俺には、どうにもそうは見えなかった。

前世で、復讐に取り憑かれたヤツを何人と見てきた。

だからこそ言える。

俺から見て、ウェルスは既に過去を割り切っている。

そもそも。

「さっきの言葉、俺には止めてくれと言っているようにしか聞こえませんでしたけどね」

「…………」

驚いたように、ウェルスの目が見開かれる。

「……どうにも、グレリアの弟は相当めでたい頭をしているらしい」

ウェルスが何を抱えているのか。それは知らないし、知ろうとも思わない。

知ったところで、手を差し伸べる義理もなければ、理由もない。

ただ一つ、そんな俺から忠告できることは――

「頼れる人間がいるうちは、頼っていいと思いますけどね、俺は」

誰も彼もいなくなってしまったのならまだしも。

優しいグレリア兄上のことだ。相談をすれば、親身に話を聞いてくれた事だろう。

先程のやり取りから、二人の仲が深い事は分かる。

「後悔はどうしたってする事になる」

後悔をし続けた俺だから言える。

あの時、剣を執らなければ。

あの時、ああしてれば。

あの時、俺が気づいていれば。

あの時……

俺の人生なんて、後悔だらけだ。

「だから、少しでも悔いのない後悔をできるようにするべきです」

だから、頼れる人間は頼ればいいと言う。

先に出ていったグレリア兄上を追いかけるように、俺も扉に手をかける。

「じゃないと」

ゆっくりと扉を押し開けながら、ウェルスに聞こえない声量で言う。

「俺みたいに、死んでも後悔し続ける羽目になりますよ」

第二十三話　バレバレ

「……あのバカが」

広間から出た少し先。

壁にもたれかかりながら悔しそうに毒づくグレリア兄上がいた。

もう少し先の応接間に、フェリを含む騎士団の人間がいるというのに、あえて待っていてくれたんだろう。

「お待たせしました」

「ウェルスは、何か言っていたか」

あれだけ怒っていたというのに気にかけているらしい。

俺もウェルスと同様、グレリア兄上は優しいなと思わざるを得ない。

「いえ、特には」

兄上に関しての話はしなかった。

けれど——

「ですが、どうして戦争をするなんて話をしてきたんでしょうかね」

「……大義名分だろうな」

「大義名分、ですか?」

あぁ、とグレリア兄上は頷く。

「戦争をする際に何より大事なものは大義名分だ。ただ領地を拡大したいからと戦争を仕掛ければ、当然、他の諸国の反感を買う。大した理由もなく戦争を仕掛ける国なんてあれば、それはもう袋叩きにされて滅亡一直線だ。他の国にすれば、そうでもしなければ明日は我が身だからな」

だから、と言葉は続く。

「リィンツェルとディストブルグは隣国だ。ちゃんと顔を合わせた時に、戦争をするにあたって大義名分はこちらにあると言っておきたかったんだろう」

「……なるほど」

背後から攻められてはひとたまりもないからな、とグレリア兄上は付け加える。

俺は戦う事には慣れているが、政治的な話にはてんで疎い。

今回のように詳しく話してもらえれば理解はできるが、言葉に隠された意味を察する事は特に苦手だった。

「ですけど」

助けてくれ。

まるでそう言っているようにしか思えなかったウェルスの顔が浮かぶ。

「本当に伝えたかった内容は、それだけなんですかね」

「さぁ。どうだろうな」

クールダウンを終えたのか、強張っていた表情が、いつも通りの優しいグレリア兄上に戻る。

「たとえファイの言葉通り他にもあるとして、オレがウェルスにしてやれる事は今のところ何一つありはしない」

「……友人、ですよね。ウェルス王子と兄上は」

「友人だからだ。ウェルスがオレに助けを求めてきたのなら、友人として助けるだろう。だが、そうでないなら首を突っ込む気はない。それが王子としての身の振り方であり、グレリア・ヘンゼ・ディストブルグとしての在り方だ」

グレリア兄上は続ける。

「これはファイに言える事でもある」

「俺にも、ですか」

「アフィリスでの、話だ」

出来の悪い弟を窘めるように、少し笑いを含めながら言う。

アフィリスでの話と言われれば、心当たりは一つしかない。

「ファイは知らんだろうが、色々あったんだぞ」

「というと、噂ですか？」

ラティファが言っていた噂。その類いなのかと思いきや。

「アフィリスへ向けた援軍はお世辞にも多いとは言えなかった。何故だか分かるか？」

「勝ち目が薄かったから、ですよね」

逡巡なく答える。

あの地へ赴き、あの兵力差を見たからこそ、言える。

「そうだ。もちろん、ファイの存在を軽んじたわけではない。もとより、盟約を守ったという意味を持たせる為だけの援軍だったのだが……」

グレリア兄上は苦笑いを浮かべる。

俺だって元々、すぐに逃げ帰る予定だった。

それがどうしてか、剣を握る羽目になって。

あれよあれよという間に〝英雄〟なんて呼ばれるヤツを斬り捨てて。

アフィリスの騎士や兵士とも交流を持ってしまった。

「どうしてかお前はアフィリスを勝たせた立役者となったわけだ。誰が何をしたのかは、アフィリス王からの書簡では仄めかされていただけで、オレは何も知らない。ただ、ファイの存在が大きかったとだけ」

「…………」

俺は口を閉ざしたまま聞きに徹する。

「おまけに、あの援軍には老騎士がそれなりに多く組み込まれていた。アフィリスが死地になるやもしれないと思っていたヤツも少なからずいたからだ。若い命をあたら散らすよりも、と志願してきた者もいたと聞く」

確かに、思い返せば老騎士の姿が多く見受けられた気がする。

ただ、俺に絡もうとする人間は若い騎士や兵士ばかりで、気にならなかったというだけで。

「先代の頃から仕えていた者だ。頑固であったり、偏屈なヤツも多い」

それが、だ。

と、グレリア兄上は愉しげに言ってくる。

「彼らが、ファイに仕えたい、と。もしくは自分の子息を近衛につけてはもらえないか、と言ってきた。理由は教えてもらえなかったがな」

「……そう、ですか」

「まだあるぞ？　孫娘を婚約者にどうか、なんて話も聞いたな。どうにも、ファイにはデイストブルグから離れてもらうわけにいかないから、なんて内容だ」

ニタニタと意地の悪い笑み。

恐らく、何となくではあるが、兄上も事の顛末を察しているんだろう。それでも、一度箝口令を敷いたからには、俺本人が破るわけにはいかない。

「〝クズ王子〟に何を期待してるんだか、臣下達は……」

俺は、わざとらしくため息を吐く。

「少しは変わったかと思えば、根っこの部分は相変わらずか。自虐はよせ、ファイ」

ゆっくりと、俺のもとへグレリア兄上が歩み寄ってくる。

その表情をうかがうように顔を上げてみれば、目に映ったのは、嬉しそうな笑顔だった。

「たとえどんな理由であろうと、オレは嬉しいんだ。ファイが正当に評価されている事が。自慢の弟だ。臣下から評価されて嬉しくないわけがないだろう」

ただ、と言葉が付け加えられる。

「でもいつか、何があったかファイの口から話してくれよ。オレはゆっくり待っておくから、気持ちが落ち着いたら話しに来てくれ」

ズキリと、胸が痛くなった。

裏のない本音をぶつけられていると分かるから、苦しく感じてしまう。申し訳ないと思ってしまう。

「……そんな悲しい顔をするな。ファイが黙ってるという事は、黙るだけの理由があるんだろう？　ならオレはそれを尊重する」

「……兄上は、相変わらず優しいですね」

「そう思うなら隠し事はやめてくれ。ファイも、ウェルスも。信頼されてないみたいで悲しいだろうが」

「すみません」

仕方がないヤツめと笑いながら、グレリア兄上は先程俺が出てきた扉に視線をやる。

「アイツもアレで頑固だからな。何を気負っているんだか」

「多分、男だから、じゃないですかね」

「ふはっ、なんだそれ」

言っている意味が分からないとグレリア兄上が笑う。

実際、俺もよくは分からない。

だって、それは俺の言葉ではないから。

『男っつー生き物は意地を張ってナンボよ。意地を張れねえヤツは男じゃねえ。女の前であるなら特に、な』

意味の分からない理論を展開する隻腕のおっさん――彼の名は、ラティス。

『男は意地を張らねえと生きていけねえのさ。弱味を人前で見せる人間なんざ、女だけで十分じゃねえか』

「男だから、意地を張るんです。弱味を見せられないと思い込んでいるから」

あの時の、ラティスの言葉をなぞる。

『ただ、意地を張り続けんのもやっぱり限界ってもんがある』

いつも通り酒を飲みながら、ラティスは幼き日の俺に向けて語った。

『そんな時、隣にいてくれる存在ってのは、宝石よりも、酒よりも、何よりも勝る価値があると思うがね俺は。だから俺は、そいつを守れた勲章(くんしょう)でもあるコイツが誇りなわけさ』

そう言って、彼は失った腕に手をあてていた。

やっぱり、今でも分からない。

ラティスの言う言葉は何もかも難しかった。

腕を失った事が誇りと言うラティスの意図が分からない。

それでも、大事な事を言ってくれているという認識はあった。

『大切なもんは死んでも守れよ。じゃねえと俺が＊＊＊を殺しに行くぜ？　ま、腕一本が安いと思える日が、お前にもきっとくるさ』

「でも、意地は張り続けられない。だからその時、手を差し伸べてあげればいいと思います」

「ファイらしくないな。誰かの言葉か？」

「数少ない、知人の言葉です」

そう言うと、グレリア兄上は少しだけ驚いたような顔を見せて。

「確かに、ファイの知人の言う通りだな」

また、いつも通りの笑みに戻る。

「ウェルスの事も、ファイの事も。オレはゆっくり待たせてもらうとするか」

そして満足げな表情で、フェリ達の待つ部屋へと歩き出す。

「明日、少し調べ物をする。ファイもどうだ？　図書館に興味はあるか？」

グレリア兄上が肩越しに振り返る。

「やる事もありませんし、俺でよければお付き合いします」

「決まりだな」

んんっ、と伸びをしながら首を左右に動かし、ポキポキと骨を鳴らすグレリア兄上。重苦しい話はここまでと言わんばかりに。

「リィンツェルの美味(おい)しい店を知っててな。明日、食べに行こう」

お茶目に笑うグレリア兄上を見て、この人が兄上で本当によかったと。心底そう思った。

第二十四話　ロウル・ツベルグ

すっかり夜の帳が下りた頃。

街の通りは、薄暗い月明かりと街灯(がいとう)の光に照らされるだけで、人気(ひとけ)をあまり感じない。

それでも、民家などの窓越しに光がもれ出ており、影は多く出来ていた。

「……ん」

腰に〝影剣(スパーダ)〟を下げ、夜の街を歩く。

花屋の言っていた通り、ここでは花はあまり好まれないのか、庭園というものがない。

だから眠気(ねむけ)が来るまで時間を潰そうと、城の外にやってきていた。

今回用意された部屋は二階に位置しており、わざわざ窓から飛び降りて外に出るとは護衛達も夢にも思っていなかったのだろう。難なく抜け出す事ができた。

「潮(しお)の香りも悪くない」

向かった先は、フェリに案内してもらった海。

風に乗って香る独特な匂いも、嫌いではなかった。

灯台から放たれる光が海を照らし、すぐ側に腰を下ろして釣りをする男二人組の姿が薄い明かりに浮かび上がる。

白衣を身に着けた、髪がボサボサに跳ね上がった男性と、

「夜は昼より釣れるか？」

「ま、ぼちぼちってところかねえ……って殿下⁉」

もう一人は服装こそ違えど、顔はハッキリと覚えている。

三日前、フェリに怒られたあの騎士の男だった。

「寝られる気がしなくてな。夜の散歩だ」

「夜の散歩って……殿下、メイド長は連れてないんですか？」

「四六時中一緒にいるわけがないだろ。こっそり抜け出してきたんだしな」

「あ、あんたって人は……」

呆れ顔になるも、騎士の男はくいくいっと器用に釣竿を動かす。

前回は何も釣れていなかったようだが、今日は水を溜めたバケツの中で泳ぐ魚が数匹、目にとまる。

「まぁ、いいじゃないですか。済んだ事を言ってもどうしようもありません。今は忘れて釣りを続けましょうよ」

白衣の男は言う。

一瞬、彼もグレリア兄上の護衛としてこの国に来た人間かと思ったが、この白衣を見ると違うのかもしれない。騎士の男との会話にも、それなりの距離を感じる。

「ま、それもそうか。なんなら殿下もやります？　釣り」

「いいや、やめておく」

やんわりと断り、騎士の男の隣に腰かける。

そりゃ残念だ、と言いながら彼はまた海に向き直った。

「………」

俺と騎士の男の間にも、騎士の男と白衣の男の間にも、特に会話はない。

さざ波の音と、釣竿を動かす音だけが響く。

そんな中、なぁ、と俺が静寂を破った。

「リィンツェルの第二王子、知ってるか」

「第二王子っつーとウェルス王子でしたっけ。それがどうかしたんで？」

「いや、今日会ったんだが、どんなヤツなのかと思ってな。何か知ってたりしないか？」

後ろに両手をつき、空を見上げながら尋ねる。

今日は生憎の曇り空。

星は、見えなかった。

「ウェルス王子っていえば、やっぱり茶会のあれじゃないですかね」

「茶会のあれ？」

「ちょっとした陰謀ですよ。当時はかなり話題になりまして。何せ、王の妃が殺されたんです。ディストブルグまで影響が及ぶんじゃないかとヒヤヒヤしてましたよ」


陰謀。

この世界でもそれはありふれている。

でなければ、俺が一人で出歩くだけで、騎士の男が心配そうに見つめてくるわけもない。

ここもそれなりに住みにくい世界だと改めて思ってしまう。


「結局、何が何だか分からず終いでしたけど、リィンツェルは賠償に土地を求めたって話でしたよ確か」

「という事は、犯人は特定できてたのか？」

「サーデンス王国の過激派の連中だったかなぁ……何せ五年も前の話なもんで曖昧ですけど、サーデンス王国なのは確かです」


サーデンス王国は確か小さな国だったはず。

今まであまり物事を知ろうとしてこなかったツケがここで回ってくる。サーデンス王国の土地を求める理由が全く浮かんでこない為、言葉が続かない。


「サーデンス王国は、何かと面白い言い伝えが残されている国ですから。まあその土地を求めるのも分かります」

困っていた俺を助けるように、白衣の男が会話に交ざってくる。

「言い伝え?」

「ええ、妖怪が出るとかそういったモノもありますし、ちょっとした伝説なんかも色々と」

「あー、俺も知ってるぜ。英雄が国の王女を助ける話」

昔話をするように話に花が咲く。

「魔物の住まう地。そこに咲く虹の花にはどんな病でも治す効果がある、ってヤツですね。英雄が力を合わせて魔物と戦い、見事花を持ち帰り、病に侵されていた王女を救った。そんな話です」

ですけど、と白衣の男の言葉は続いた。

「この話は強ち作り話ではない、なんて事も言われてますけどね。二〇〇年くらい前の事だそうで、文献もそれなりに残っていますし、一縷の希望を求めてサーデンス王国に向かう人間も少なくないと聞きます」

「あんた、詳しいんだな」

俺が知らなすぎるのもあるだろうが、それにしても詳しいなと思う。つい口に出してしまった。

「これでも一応、薬師（くすし）なもので」

そう言って、男は着ていた白衣をひらひらとはためかせる。

嗅（か）ぎ慣れない薬品のような臭いが、潮（しお）の匂いに混じって鼻孔（びこう）をくすぐった。

「不治（ふじ）の病すらも治せる万能の花（薬）。薬師からしてみれば、何としてでも手に入れたいと一度は思うものです。生きる為にと選んだ薬師なんて仕事ではありますが、それでも救える命があるのなら救ってやりたいと思うんですよ。長くやってると特に」

薄く照らすだけの灯台の光では、顔を十全には確認できない。

隣に座る三〇歳程の騎士の男とそう年齢は変わらないように思っていたが、その言葉にはそれ以上の年季が入っていた。

「誰も、取りに行かないのか」

万能の花（薬）だ。

国を挙（あ）げて、それこそ〝英雄〟と呼ばれる者をはじめ、求める者は止まないだろう。

しかし、白衣の男は残念そうに首を横に振る。

「取りに行かない、じゃないんです。取りに行けないんですよ」

「……魔物が危険だからか」

「確かに、それが一番の理由でしょう。ですが、問題なのはその土地を——島を所有するサーデンス王国という国自体なんです」

「というと？」

「あの国は小国です。万の軍勢に攻め込まれでもすれば簡単に滅んでしまう程に。ですので、魔物の討伐と言い張ったところで兵士の同行はできない。それこそ、戦争でもない限り大勢の兵士が入国する事は叶わない」

男は言葉を続ける。

「ですが、少数であれば入島を許しているそうです。もちろん、生死はサーデンス王国が関知するところではないという契約書を書かせた上で」

「厳しいな」

「そうでもしないと、あの国が生き残ってはいけないいんでしょう」

さて、と。そう言いながら白衣の男が立ち上がる。

「明日があるので僕はここらで失礼させて頂きます」

ちゃぷちゃぷと水の跳ねるバケツと釣り具を片手にぺこりと一礼。

ゆっくりとした歩調でその場を離れ始める、が。

十歩程歩いたところでピタリと足が止まった。

「あぁ、そうです。すっかり失念していました」

くるりと振り向いて、今度は俺のもとへと近づいてくる。

「殿下、と呼ばれていましたが、ディストブルグの王子ですよね？」

どうしてディストブルグだと分かったのか。

そう疑問が浮かんだが、騎士の男が自分はディストブルグの騎士だと話したのだろうと判断し、返事をする。

「だったら？」

「ファイ王子であれば、嬉しいのですが」

あえての名指し。

こんな〝クズ王子〟の名前なんて覚えて何になるんだか、と笑みがもれた。

「よかったな。俺がファイだよ。ファイ・ヘンゼ・ディストブルグ。遅い自己紹介になってすまんな」

「……ふむ」

思案するような声をもらしながら、白衣の男は値踏みするようにジッと見つめてくる。

その視線は手や足、終(しま)いには〝影剣(スパーダ)〟にまで向く。

「ええ、悪くない」

そう言って顔を綻(ほころ)ばせた。

何やら自己完結したようで、満足げに笑ってみせる。

「貴方が本物であれば、また会う機会もあるでしょう」

「……どういう意味だ」

本物と言う意味が分からない。

あえて内容を仄めかすにとどめており、理解が及ばない。

「先の戦争では、ご活躍なさったとか」

それを聞き、コイツもかと辟易してしまうが、できる限り表情に出さないようにと努める。

「そう身構えないでください。僕はただ、貴方と話してみたかっただけなんですから」

ふぅ、と白衣の男が息を吐く。

冷え込んでいる夜だからか、白い息が見えた。

「遅れましたが、僕も自己紹介を。リィンツェルで薬屋を営んでいます、ロウル・ツベルグと申します」

「……ッ」

その言葉に、騎士の男が目を見張る。

「ロウル・ツベルグって言えば……」

「殆ど名ばかりではありますが、〝英雄〟なんて呼ばれたりもしています」

そう言って、再びロウルは背を向けた。

「その剣、似合ってますよとても」

何を考えているのか、よく分からない人間。

俺にとって、ロウル・ツベルグという薬師はそういう認識に落ち着いた。

「良き夜を、お過ごしください。それでは」

響く足音は、次第に薄れて遠ざかっていく。

彼の教えてくれた万能の花（薬）の話。

それが酷く頭の中に残った。

明日、グレリア兄上と共に図書館に向かう。そこで調べてみるのも一興か。

夜空の下、同じ言葉を何度も、頭の中で反芻してしまっていた。

第二十五話　昔話

むかしむかし。

といっても、わずか二〇〇年程の、少しだけ昔の昔話。

サーデンス王国が成立する以前、その前身となったロマヌ王国には、病を患い、床に臥せる一人の王女がいた——

それは、名の知れた医者の全員が悉く匙を投げた、不治の病であった。

治療の手掛かりすら得られない中、魔女を名乗る一人の女性が王のもとを訪れた。

『ここから南東に浮かぶ小さな孤島。そこに住まう魔物が守っている虹の花には、万病を治す効果がある』

魔女の発した言葉は、たったそれだけ。しかし、王はその言葉に縋らざるを得なかった。それが、最初で最後の手掛かりであったから。

彼女の言葉は、正しく魅惑であり、毒であった。

そして私達は文字通り、地獄を見る事となった。

虹の花を持ち帰れた人間には、どんな願いでも叶えてやると言って、王は猛者を募った。

集まったのは、音に聞く騎士兵士をはじめとする、一〇人もの〝英雄〟。

私を含め、誰もが達成は容易であると信じて疑っていなかった。けれど、島に到着してから数分後、抱いていた自信は跡形もなく霧散した。

島の魔物は、間違っても個々人で渡り合える相手ではなかったのだ。

ただでさえ苦戦を強いられる強大な力を持った魔物。それが際限なく湧き出てくる恐怖に、逃げ出す者もいた。しかし、背を向けた者から殺されていく姿は、今も脳裏に鮮明に焼き付いて離れてくれやしない。

本来ならば、大勢である事を生かし、連携して戦うべきだった。

しかしそれはできなかった。なぜなら、名目上は部隊であっても、所詮即席の寄せ集め。いざ協力しようとしても、損得勘定で依頼を受けた我々は、出し抜かれるのではと猜疑し、力を合わせようとすると逆にぎこちない動きへと変わってしまう状態に陥ったからだ。

その結果、虹の花を手に入れ、魔物から見事逃げ切った人間は、たったの五人。うち三人が〝英雄〟であった。

それ程までに、魔物は強かった。もう二度と、相見(あいまみ)えたくはないと思える程に。

だからただ一つ、私に言える事は、あの地に向かう事だけはやめておいた方がいい。それだけである。

しかし、かけ替えのない人間を助けたい――そんな想いで向かうのであれば、危険だからといって抑えつけられるものではないのかもしれない。

だから生還した私からアドバイスをするならば、信頼できる仲間と向かう事だ。

あの化け物は、間違っても単身で敵う相手ではない。それだけは、言い切れる。

命は一つだけなのだ。

無駄にする事だけは、ないように。

著者　スヴァルグ・ヴォルガ

パタンっ、と古びた本を閉じる。

『虹の花、その現実』。

率直(そっちょく)すぎる作品名のソレを、俺はサーデンス王国についての本が多く並ぶ棚へと戻した。

グレリア兄上について来た図書館にて、朝から今の今まで、四時間程読み進めていたが、今読んだ真偽の定かでない体験記以外は、物語のような本ばかり。それらは王女が助かった事を強調しているだけで、得られるものはないに等しかった。

「お探し物は見つかりましたか？」

「ん、ぼちぼちってとこだな」

今日も今日とて俺の護衛を行なうメイド長——フェリ・フォン・ユグスティヌが声をかけてくる。

彼女はディストブルグの歴史が書かれた本に興味があったようで、少しことは離れた場所で夢中に読み進めていた。

「サーデンス王国の文献ですか……」

目の前に並ぶ本に目を向け、フェリは複雑そうな表情を浮かべる。

「それがどうかしたか？」

「いえ、私も昔読んだものだなと思いまして」

そう言って俺が読んでいた『虹の花、その現実』を手に取った。

エルフであるフェリの実年齢は、おおよそ一〇〇歳程度。

彼女にとっては、ほんの少し前にあった程度の話なのかもしれない。

「この話、本当なのか？」

「詳細の真偽は別にして、本当にそういった事はあったらしいですね。又聞きではありますが」

「……なるほど」

白衣の男――ロウル・ツベルグの言っていた通りというわけだ。

であるならば、虹の花とやらの効果の方も望みありという事になる。

「殿下」

考え事をしている最中、フェリが俺を呼ぶ。

「気の迷いだけは、起こさないでくださいね。殿下には長く生きていてもらいたいので」

そう、〝影剣（スパーダ）〟に時折視線を向けて言う。

誰かが言っていた。

臆病（おくびょう）な人間程、長生きをし、勇敢（ゆうかん）な人間程、早逝（そうせい）しやすい、と。

きっと彼女は俺を、勇敢な人間に当てはめているのだ。

「俺が、虹の花を取りに行くとでも？」

「ええ、特に――」

フェリは、司書の男性と会話をしているグレリア兄上の方へと顔を向けて言う。

「仮にグレリア王子殿下が病を患われたとしたら。殿下なら、必ずその地へ向かわれるんじゃないですか？」

「ふはっ」

笑いがこぼれる。

確かに、そうかもしれないと思ったから。

ただ。

「でもフェリも取りに行こうとするだろ？　どうせ」

それはフェリにも言えていた。

「ディストブルグ王家に尽くす事が生き甲斐ですので」

フェリは小さく笑って肯定する。

何を当たり前の事を、と。

少しは自分の身も案じてくれよ、と切に思った。

「だったら、気の迷いなんて言っちゃいけねえだろうが」

一切の迷いなく頷いてしまうような行為を、気の迷いと言うべきではないだろう。

「まぁ、安心しろ」

変な正義感なんてモノを俺は持ち合わせていない。

「フェリも知ってるだろうが、滅多な事でもない限り、俺は動かねえよ」

だが、と言葉を続ける。

「友人や、家族が困ってる場合は別だけどな」

以前の生では、何も返せなかった。恩だけ受けてきた。

たくさん、沢山（たくさん）。溢れる程に。

優しくしてもらって、守ってもらって。

生きる術（すべ）を教えてもらって。

そして今生で堕落した生活を送り続けていた中でも、グレリア兄上は特別だった。

フェリだって、しつこく俺に構ってきて。しっかりしてくださいよ、と毎度のように言ってきて。

ただそれだけと言われればそれまでだけど。

既に彼らは、ファイ・ヘンゼ・ディストブルグの中で、なくてはならない存在になっていた。

「もちろん、フェリも含め、だ」

自分は含まれていないと思っていたのか、フェリの注目が俺に向いた。

「もしかして、口説（くど）いていたりしますか？」

「バカ言え。守る対象でこそあれど、そういう対象じゃねえよ。それに、口説くとしても場所くらい選ぶ」

冗談ですよと、フェリは快活に笑う。

「だとしても、仕える身である私としましては、そう思って頂けているだけで至上（しじょう）の喜びです」

ありがとうございます。と、また笑みを見せた。

「……そうかい」

今日はよく笑うなと思いながら、〝影剣（スパーダ）〟を想う。

俺が今、剣を手にしているのは、ただ我欲（がよく）を満たす為では決してない。それでは前世の二の舞だ。また孤独に死ぬのは流石に勘弁してほしかった。

他者の為に。

人の為に。

俺自身、躊躇（ためら）いなく人を殺せる人間なだけあって、困っている人を見たら誰だろうが助ける、なんて聖人じみた事をする気はないし、元々、人をあまり信用してはいない。

だけど、身近な人間であれば。

この者の為なら死んでもいいかな、と思えれば、俺は迷いなく剣を執れるし、振ってみせる。

あの時の騎士（ログザリア）のような例外もあるだろうけど、こんな理由で剣を振るのも悪くないと思った。

それが自分らしいと思った。

「ところで、兄上は何を話してるんだろうな」

探し物がある、そう言っていたグレリア兄上は、ここでの殆どの時間を司書との会話に費やしていた。

「元々、司書の方と話す事が目的だったのかもしれませんね」

個室で話していて、小窓から顔が僅かに見えるだけ。

一応護衛の騎士が二人同伴していて、特に変わった点も見受けられない。

「確かに、初対面ではなさそうな雰囲気だ。フェリは何か知ってるか？」

「残念ながら特には」

「そうか……でもそろそろ……」

出てきてもおかしくはないのにな、なんて言おうとしたところで、まるでタイミングを計ったかのようにグレリア兄上が部屋から出てくる。

それから、こちらに歩み寄ってきた。

図書館に設えられた大きめの時計に目をやり、

「待たせてすまん」

「ちょうど昼時だな。今から昼食に向かおうか」

そう言って笑うグレリア兄上は、いつも通りだった。

本当に、いつも通りだった——

第二十六話　本当の目的は

その日の夜――

「全て、話は聞かせてもらった」

押しかけるようにウェルスの自室へとやってきたグレリアの第一声。

「家族を助ける為に、戦争をするらしいな」

『虹の花、その現実』。

あの本には、まだ続きがある。

無事、虹の花によって快復（かいふく）した王女は、その後リィンツェルの王子に恋をし、大恋愛を経て、結婚。幸せに暮らしましたとさ、と。

しかし――病気には、遺伝するものがある。

そして、王女の病気は虹の花によって治まりはしたものの、実際は身体の中に潜（ひそ）んでいた病気の因子が全て死滅（しめつ）してはいなかった。

病気の因子は、何代だろうと僅かであれ受け継がれる。

リィンツェルの第一王子。ひと月前に倒れた第三王子。

彼らが発症した病気は、かつての王女が患っていた不治の病そのものだった。

「……知らないな」

ウェルスは惚ける。

ただカマをかけられている可能性も捨てきれなかったから。

「クライヴから全て聞いた。諦めろウェルス」

「……あのバカが」

クライヴとは、図書館に勤める司書の男の名前である。

彼はウェルスと幼馴染で、何かと相談を持ちかけられることが多い。だからグレリアは、まずクライヴのもとを訪ねた。

頼られない限り、手は差し伸べない。

そう言っておきながらグレリアがこうして話を持ちかけたのには、もちろん友人だからという理由もある。が、サーデンス王国との戦争が何を意味するのか、それを何よりも理解していたからだ。

「クライヴに聞いた通りなら、別に戦争でなくてもいいはずだ」

何故ならば。

「リィンツェルには一人いるだろう」

つい十数年前まで、あの未開の孤島に足を踏み入れて帰ってこられた人間は、二〇〇年前の五人のみだった。

そう、十数年前までは。

「あの地に向かい、無傷で帰ってきた〝英雄〟が」

心臓を貫かれようが、頭を潰されようが、手足をもがれようが即時再生をしてしまう後天性特異体質。

それ故に付けられた二つ名は――

「『不死身』のロウル・ツベルグ」

彼は本来、ただの薬師だった。

才能も中の下。それは今でも変わらない。

ただ一つ、ロウルが人と違ったのは、ひたすらに己を被験体として扱い続けた事。

生に固執していなかった彼は、自身の体を使って治療法を探し求めた。

その結果、様々な薬と元々の体質が反応し合い、偶然にも特異体質へと至った。

ある条件下においては『不死身』という超特異体質。

加えて、老化すらも止まっている。

三〇歳程のなりをしているが、五〇年は軽く生きていると彼を知る者は言う。

『不死身』という超特異体質によって〝英雄〟殺しを成し遂げ、〝英雄〟へと至った薬師。

それがロウル・ツベルグという人間だった。

「今も、いるはずだろう？」

「……あぁ、いるな。それにもちろん、この話は既にロウルに一度持ちかけている」

「返事は」

「自分を含めて〝英雄〟レベルが三人、手練れの兵士が三〇人弱いれば、虹の花を取るだけであれば成功率は五割と言っていた。もちろん、それでも半数以上は死ぬ、とも」

しかも、とウェルスが言葉を付け加える。

「でもそれはリーシェンが参加すると仮定した場合だ」

リーシェン・メイ・リィンツェル。

表舞台を嫌うリィンツェルの第二王女。

謎に包まれた彼女の存在の有無が鍵だと、ロウルは断言していた。

「リーシェンを参加させない場合、〝英雄〟は六人以上必要と言っていた。規定数まで虹の花を探す場合、魔物を食い止める人員がそれだけ必要になってくる、と」

「お前の妹は、確か、視える体質だったか」

「……あぁ」

視える体質。

言葉の通り、リーシェンと呼ばれた少女は全てが視える。

記憶だろうが、感情だろうが、内心だろうが、経験だろうが。

未来視の真似事すらできるとも、昔ウェルスは言っていた。

だが、その特異体質ゆえに人を信用できず嫌うようになり、表舞台に姿を現さなくなった。

「花は、簡単に見つからないのか」

視える人間が必要という時点で何となくは察せる。

少なくとも、そこら中に自生しているわけではないだろう。

「ロウル曰く、あの花は一輪ずつ生えているらしい。魔物を食い止めながら花を探す。それが一番確実で、犠牲が少なくて済む、と」

「…………」

グレリアが黙り込む。

相手は『不死身』と呼ばれる〝英雄〟を以てしても無理だと判断して逃げ帰る程の魔物だ。

それに、聞く限り魔物を倒そうと考えているようには一切思えない。

そんな相手の注意をひきながら、できる限り多くの虹の花を持ち帰る。

リミットは、魔物の注意をひく役回りの者が全滅するまで。

確かに、ウェルスの妹であるリーシェンを引っぱり出さなくては、花を一輪持ち帰れるかすら定かではない。

「別に我が死のうがどうでもいい。ただ、我の都合にリーシェンは巻き込めない。生死の保証がないなら尚の事」

「それで戦争か」

「選択肢はこれしかないんだ。分かってくれ、グレリア」

サーデンス王国は小国。

だが、近年実しやかに囁かれる噂があった。

かの国は帝国に庇護を求めた。リィンツェルに滅ぼされる事を恐れて、という噂。

もしリィンツェルがサーデンスを滅ぼしたとして、次には帝国との戦争が待つ可能性は高い。

そうなれば、影響はディストブルグまで及ぶ。

点在する王国。それとは別に力の突出した帝国。

帝国とその他、さらにそのその他。

この三つの勢力の奇跡的なバランスを以て、最低限の平和がもたらされている。

それをウェルスが潰そうとしている。

たとえ身内が危険に曝されていても、グレリアに許容はできない。

だから。

「ウェルス」

名前を呼ぶ。

「確か五〇人を上限として、サーデンス王国は他国の兵士及び騎士の入国を特例で認めていたはずだな？」

それが、虹の花が自生する孤島に赴く際のルール。

「まさかお前……」

「オレを連れて行け、ウェルス。これでも一時期は、〝英雄〟に届く存在だなんて騒がれた身だ。それなりに役に立つだろうさ」

グレリア・ヘンゼ・ディストブルグ。

彼は根っからの善人である。

ゆえに殺しが絡めば躊躇(ためら)いが生まれてしまうものの、それでも、国を作り上げた王の系譜(けいふ)。

才能は群(ぐん)を抜いていた。

「……自分の立場を理解した上で発言をしろ、グレリア」

友人であるが為に、ウェルスもグレリアの才能については疑っていない。

だけれど、彼は第一王子。

国の跡継ぎであり、ウェルスとは立場が違う。

それでも、グレリアの意見は変わらない。

「理解した上で言っている。ディストブルグ王国第一王子として、帝国との戦争を始めさせるわけにはいかない」

「だが！　こちらには大義名分がある‼」

「サーデンス王国が滅ぼされれば、次は帝国が大義名分はこちらに、と言うぞ。そうなればもう誰にも止められなくなる」

「それは……ッ」

ウェルスは歯噛(はが)みし、さらに下唇を噛み締めた。

薄く、ツゥと血が流れ出る。

「それに、死ぬ前提で話を進めるな」

「…………」

ウェルスが口ごもる。

「生き残ればいいだけの話だろうが」

いつも強気だったはずの友人がまるで別人のように、失うことを恐れている。

「しっかりしろ！　ウェルス・メイ・リィンツェルッ‼」

握りこぶしを作って、グレリアはウェルスの胸を殴(なぐ)る。

「メビアはオレの婚約者だ。将来の義兄や義弟を助けるのに理由がいるか⁉」

「それでも、お前は……！」

第一王子だろうが‼

ウェルスは、本当は叫んでやりたかった。

それでも、グレリアとなら成し遂げられるのではないかと。

そう思ってしまった。

そう望んでしまった。

「ディストブルグの王子は何もオレだけじゃない。とびきり頭抜けたヤツが一人いる。オレよりも、王らしい王子が一人いる」

「……」

ウェルスはそれが誰かとは尋ねない。

グレリアが言う王子。

それがファイ・ヘンゼ・ディストブルグだと分かっていたから。

傍目から見ても、グレリアが彼に目をかけているのは一目瞭然だった。

「ただ、アイツは少しばかり危ない」

悲しそうに、グレリアは目を伏せる。

「何を抱えてるのやら、時折凄く悲しそうな顔をする。いつかどこかに消えてしまいそうな、そんな気がしてならない。ひと言で表すなら、儚い。本当に儚いんだ、アイツは」

だから——

「だからオレは、アイツに生きる理由を見つけてもらいたい。それまで、どこかに行かないよう繋ぎ止めておく必要がある。だからオレは死ねないし、死なない。勝手に人を殺すな腑抜け」

ふんっ、とグレリアは鼻で笑い、不敵な笑みをウェルスに向ける。

「やっぱり、敵わないな。グレリアには」

「お前が腑抜けすぎなだけだ」

自覚してる、これ以上言ってくれるな、とウェルスは苦笑いを浮かべた。

「……明日、ロウルも呼んで話し合いの場を設ける事にする」

既に夜も遅い。

それに、王子である彼らが起きていると、護衛役である騎士達に要らぬ負担をかけてしまう。

「明朝の、一一時にまたここで」

「あぁ、分かった」

そう言って、グレリアの突然の訪問は終わりを告げた。

「はぁ」

聞き耳をたてるようにして外で控えていた男。

息を吐く音がもれ、窓越しにもれ出る光が白い息を照らす。

「生きる、理由か」

天を覆う夜闇が男の姿を隠していた。

それでも、声だけは微かに響く。

瞼を閉じる。

生きる理由とは、そもそも何だったか。

生きる為に剣を執った。

生きた先に必ず何かがあると言われて。

その最中に、誰かを守りたいという気持ちが芽生えた。

だけれど、そんな感情を向けた全員が例外なく死んで逝った。

この生でも、守りたい人間はいる。

それでも、それは生きる理由にはなり得ない。

何故なら男は、もう既にいない先生達に会いたいと願っているから。彼らがいつまでも憧れだから。

笑って死んで逝った、彼らが。

「一体何なんだろうな」

微かな足音だけを残して、男はその場を去っていく。

生きた中で、幸せだった記憶は沢山ある。

色褪せない日々。あの頃の記憶は宝物だ。

そして、だからこそ、もっとまともな死に方をしたいと思ってしまう。生かしてくれた人達に報いられるような死に方を。

死ぬ理由はいくらでも浮かぶ。

しかし、どうしても生きたいと思える理由だけは、浮かばなかった。

「本当に、何なんだろうな」

第二十七話　フェリ・フォン・ユグスティヌ

「俺の護衛は明日から必要ない。ついては兄上の指示を仰いでくれ」

早朝のひと言。

まだ日が昇りきる前で、俺にしては随分と早い目覚めではあった。が、案の定と言うべきか、フェリは既に起床し、ドア付近で待機していたので、これ幸いとそう口にした。

「……どういう事でしょうか」

言葉の意味が理解できないとばかりにフェリは眉根を寄せる。

「元々、俺に護衛なんて必要ない」

だが、取り合うつもりはなかった。

腰に下げた〝影剣(スパーダ)〟の柄に手を添(そ)える。

「〝影剣(スパーダ)〟さえあればどうとでもなる。それでも不覚を取られたというなら、俺は所詮その程度だったまで」

昨日の夜、立ち聞きした内容を思い返す。

本当ならば、俺も虹の花が咲くという島へ向かうべきだろう。

これでも一応は、〝英雄〟と呼ばれる存在を斃した身。

しかし恐らく、グレリア兄上は俺を連れていく事を良しとしないだろう。行くと名乗りを上げれば、行かせまいと余計な見張りをつけられる可能性すらある。

ならば、はじめから行く気がないように振る舞うだけ。

今の俺が決められる事は、フェリの動向ただ一つ。

俺はグレリア兄上にフェリを伴わせたかった。

「……なりません」

しかし、フェリは拒絶(きょぜつ)する。

彼女は、恐らくこの世界で一番、ファイ・ヘンゼ・ディストブルグの本質を近くで見た者だ。

ゆえにその申し出だけは認められない。

認められるはずがなかったのだろう。

「あんたに拒否権はない」

威圧をかけるようにスラリと〝影剣（スパーダ）〟を僅かに抜き、刃をのぞかせた。妖（あや）しげに光る影の剣が、以前に猛威を振るった鬼神の如（ごと）き強さを想起させる。

「それとも、死んでしまうと危惧（きぐ）する程に、メイド長には俺が弱く映ったか？」

最早挑発以外の何物でもなかった。

俺程度に勝てないフェリが、一丁前に心配なぞするな、と。

「……ええ」

ポツリと。

「ええ、そう見えました。私には、殿下が弱く見えます」

反芻するように繰り返す。

「驕りが過ぎますよ殿下。高々一回、不意をついて勝ったからと調子に乗らないで頂きたいです」

そうだった。コイツは、フェリは、王家の者の為になら命を投げ出す事すら厭わない人間だった。脅したところで、意味などない。

彼女は、こういうヒトなのだから。

むしろ逆効果。

「……そうか」

キン、と音を立てて、のぞかせた刃を収める。

確かに、あの時はまだフェリは俺の事を何も知らなかった。

強い弱い以前に、剣を握れるかすら知らなかった。

加えて、お互いに手にしていたのは真剣だ。

彼女に、俺を斬れるはずがない。そう考えてみれば、あれは不意打ちだったと言える。

「まだ、暗いか」

時刻は朝の四時を回っているかどうか。

就寝時間を考えると、俺自身殆ど寝られていない。

色々と俺も不安なんだろう。

孤島に住まう魔物。

どんなヤツかは知らないが、強いのだろう。

だけれど、グレリア兄上がそこに向かうのならば、陰ながら助け、最悪の事態がないように動く。それが俺の出した結論。

「少し付き合え、メイド長」

俺がそう言うと、またフェリは疑問符を浮かべた。

そんな彼女に丁寧（ていねい）に説明を始める事はなく、ただひと言、付いてこいとだけ言って先行する。

目的地は、既に決まっていた。


「……ここは」

まだ辺りは暗い。

冷え込んでいる事や、時間帯も相（あい）まってか、人気（ひとけ）はゼロ。

やってきたのは、以前フェリに連れてきてもらった海のすぐ側。少し大きな広場だった。

「確かに、以前は不意打ちだったな」

リィンツェルに来てからというもの、常に腰に下げていた〝影剣（スパーダ）〟を、鞘に入った状態のまま取り出し、地面に落とす。

〝影剣（スパーダ）〟とは影から創り出すモノ。影は〝影剣（スパーダ）〟であり、〝影剣（スパーダ）〟は影である。

ゆえに俺がそう意思を込めて〝影剣（スパーダ）〟を落とせば、音を立てる事もなく、まるで地面に呑み込まれるかのように消えていく。

そして俺は、影から新たな〝影剣（スパーダ）〟を二本、創り出す。

「受け取れ」

そう言ってフェリに片方を投げ渡す。

彼女の使う剣を模して創った、刃の潰れた得物。

これであれば、フェリも気兼ねなく振るえるだろうから。

「あの時の、続きをしよう」

それだけ言うと、意味を理解したのか、フェリは投げ渡された剣に視線を向ける。

「刃は潰してある。これなら遠慮は要らない」

刃があれば、もしもがつきまとう。

だけれど、そのもしもさえなければ、フェリが遠慮する要素は失われる。

もとより、彼女にとって俺は、一度は負けを認めた相手だ。

手を抜く事は、間違ってもないだろう。

「あんたは剣士で、俺もまた剣士だ」

話し合いで解決できないのならば、もうやる事は決まったも同然。

「剣士らしく、剣で決めよう」

だが、単純な勝ち負けではあまりに不公平だ。

だからフェリの発言に則った条件付けをする。

「仮に俺が傷らしい傷を負ったのならば。俺には護衛が必要だと素直に認めよう。全てメイド長の言う通りにする」

だけれど。

「だが、俺が勝った場合。メイド長は俺ではなく、グレリア兄上を守れ」

「……どういう意味ですか」

俺の発言が全て込み入った事情によるものだと、ここでやっとフェリも理解が及んだらしい。

「いずれ分かる。ただ、俺が言える事は、お前達だけは死なせねえ。たとえ何があっても」


『いいか。お前にも、いつかは守りたいヤツが出来る。これは間違いない』


あんたの言う通りだ、ラティス。

「これでも義理堅い人間でな。恩だけは忘れねぇ」

優しくされた記憶だけは、本当に忘れられない。

むざむざと、また人を目の前で死なせてみろ。

今度こそ、先生達に顔向けができなくなる。

「フェリ・フォン・ユグスティヌ」

名を呼ぶ。

銀色の髪を小風に靡かせる女性の名前を。

華奢（きゃしゃ）で、それでいて心の強い、端整（たんせい）な精霊（エルフ）の民の名を。

「あんたは言ったな。俺が弱いと」

先生達（みんな）から何度も、言われてきた。お前は弱いと。

その自覚はある。精神的にも、俺は元々強い人間ではない。

それでも、あの世界を生き抜いた。地獄のような終末世界を。

先生達（みんな）が誰よりも強い事は俺だけが知っている。

歴史に埋もれた彼らの名を、語り継がれなかった存在を、俺は知っていた。

「そんな事は知ってる。俺が強い人間でない事くらい、とうの昔から自覚してる」

先生達（みんな）が俺に向けてきた、優しい笑顔が頭に浮かぶ。

声が聞こえる。先生が叱咤（しった）する声が。お前は相変わらず弱いなと呆れる声が。

求めてやまない、優しい声が聞こえてくる。

「だが、それでも押し通したいものがあるんだよ」

さっきのフェリの言葉が、本音でない事は分かっている。

俺の為を想って出た言葉と理解している。だとしても、譲（ゆず）れるはずがなかった。

俺が纏う雰囲気が変わりゆく。

スラリと鞘から〝影剣（スパーダ）〟を抜く。

創り変えた刃のない〝影剣（スパーダ）〟は、やっと出番かと言わんばかりに、刃の輝きがいつにも増して鋭かった。

「すぅ――」

息を吸い込む。

朝方の冷え込んだ空気を吸い込んだというのに、いつになく身体は熱い。

馴染（なじ）みのある言葉。

いつも先生が口にしていた口癖。

想いを乗せて、今度は俺が謳う。

「『ひと振り決殺。我が心、我が身は常在戦場也ッ‼』」

猛（たけ）り、吼（ほ）える。

ミシミシと柄が悲鳴を上げるのもお構いなしに、〝影剣（スパーダ）〟を握る手に力を込めた。

「俺に譲る気はない。で、あんたも譲れないんだろ？　だったら道はこれしかねぇ」

感情がこもった言葉が人気（ひとけ）のない広場に響く。

響く声が俺達の鼓膜（こまく）を揺らす。

「我（が）を通したくば、俺が弱いと証明してみせろよ‼　フェリ・フォン・ユグスティヌ――ッ！！！」

第二十八話　精霊の民

「……そこまで、言うのなら」

覚悟を決めたのか。

フェリが、ゆっくりと渡された剣を鞘から抜く。

「力尽くで止めさせて頂きます……ッ」

自身の周囲に目配り(めくば)をしながら、力を込めた声で言い切った。

何かが見えるのか、いるのか。

それとも何かを仕掛けているのか。

たとえそれが俺の知らない何かだろうと、〝影剣(スパーダ)〟に斬れないものはない。

「上等……ッ」

自分の口角が吊り上がっているのが分かる。

容赦のない手合わせなんていつぶりだろうか。

剣は、嫌いだ。

それでも、所詮俺は剣と共に人生を過ごしてきた根っからの剣士だ。

いくら嫌いと言い切っても、この高揚感だけは抑えられなかった。

「――――」

声が聞こえる。

よく、響く声。

美声と言っていいそれは、俺の耳に届いた。

しかし、肝心の言葉が理解できない。

「――――」

声は続く。

エルフは、精霊の民と呼ばれる事がある。

この世界には言語が複数存在し、エルフという種族はある特殊（とくしゅ）な言語を操れると聞いていた。

それが、精霊語（ヴィンデス）。

奇妙な光がフェリを照らし、薄い膜（まく）のようなモノに彼女は包まれていく。

かつて父上はこう言っていた。

フェリの実力は、騎士団の上位層と斬り結べる程だと。

ただし、それには続きがある。

もとより、王子の護衛に弱い者が選ばれるはずはない。

　ましてや、かつて〝英雄〟に届き得る存在とまで呼ばれたグレリア兄上の護衛すらこなしたフェリである。

　ディストブルグ王国では、〝英雄〟を囲う事は行なっていない。

　それにはもちろん、争いの火種を持ち込まないようにする為といった理由もあるが、それ以前に、必要ないのだ。

　〝英雄〟という存在が。

「……あの時と同じと思っていたら」

　剣の技量のみでも、騎士団の上位層クラス。

　更に、精霊（エルフ）の民特有の精霊術を行使した上での、実戦形式の戦闘においての実力は――

　呟いた直後、彼女の姿がぶれたと錯覚を起こす程、爆発的に加速。音すら置いてくる移動速度だ。

　一秒にも満たない時間で、既に上段に振りかぶった状態で俺との距離が詰められる。

「足を、すくわれますよ……ッ」

「っ……」

　〝英雄〟に近いと呼ばれたグレリア兄上クラス。

　それが、フェリ・フォン・ユグスティヌという名の精霊（エルフ）の民の実力だった。

「だが、甘（あめ）え」

驚異的な反応速度。それこそが、ファイ・ヘンゼ・ディストブルグ最大の武器であった。

遅れて振り抜いた俺の剣と、フェリの剣がぶつかり合い、耳をつんざくような金属同士の衝突音が遅れて響く。

打ち合いによって生まれた火花が辺りをなめつけ、生まれた衝撃は大気をも揺るがす。

〝影剣〟越しに手へと伝わる感触が全てを物語る。これだけで、理解できてしまった。

彼女は、フェリは強いと。

この時点で、ある程度の遠慮を、捨てた。

「……ふはっ」

スイッチが入る。

自らへの暗示のように心がけてきた癖が出始め、笑いがこみ上げて愉悦に口が歪む。

それと同時。

〝影剣〟に黒い靄のようなものが僅かに纏わり付き――

既にその技を直で目にした経験のあるフェリは即座に剣を引く。

距離からして回避すら間に合わない。

ならば――

〝影剣〟を振り下ろすや否や、生まれる三日月の斬撃。それは地面を容赦なく抉り、視線の先にいるフェリへと一直線に向かう。

だが、そんな彼女の左手には、見覚えのない海色の靄が纏わり付いていた。そして、その手を猫のようにぐぐぐと折り曲げ、無造作(むぞうさ)に振るう。

「水よッ‼」

瞬時に形成される水の刃。

それを肉迫(にくはく)する〝影剣(スパーダ)〟と衝突させ、相殺する腹積もりだったのだろう。

しかしそれは、叶わない。

「う、ぐっ……！」

凄絶な破裂音(はれつおん)が鼓膜を揺らす。

周囲に飛び散る水飛沫(みずしぶき)と共に聞こえてきたのは、苦悶に満ちたフェリの声。そして僅かに見え隠れする斬り傷。痛みに顔をしかめながらも、なぜと言わんばかりの疑問の表情が俺の瞳に映った。

「威力が……っ」

以前、彼女は俺と〝英雄〟イディス・ファリザードの戦闘を目の当(ま)たりにした。だからこそ、不思議で仕方ないのだろう。どうしてあの時より威力が上がっているのか、と。

決して、イディス相手に加減をしていたわけではない。

殺す気で〝影剣(スパーダ)〟を振るっていたし、手心が介入(かいにゅう)する余地はどこにもなかった。

あの時の俺と、今の俺。違いがあるとすれば、ただ一つ。

〝影剣〟が、より身体に馴染み、実践を経た事で戦闘の感覚が研ぎ澄まされている、という事だけ。

フェリは悪い冗談だとばかりに脂汗の浮かんだ相貌を歪め、苦笑いを浮かべている。

けれど、仕合が始まってしまった以上、どんな想定外があろうとも、勝敗は決しなければならない。

「今度は、俺の番……ッ！」

次に動いたのは俺。

焦燥に駆られ、次手をどうするかと頭を悩ませていたフェリの思考を度外視し、〝影剣〟を片手に、肉薄。

恐るべき速度で懐に潜り込み、

「上段正面」

剣の軌道を予告してから、容赦なく振るう。

それは、一切の無駄を取り除いた神速の剣撃。

言葉をこぼした時、既にフェリの眼前すれすれまで刃は伸びている。そして呼吸する暇すら与えず、〝影剣〟は宙に影色の弧を描こうとするも――

「こ、の……ッ」

中途半端な軌跡だけを残して、途切れてしまった。〝影剣〟とフェリの身体の間に潜り込んだひと振りの剣。それが、〝影剣〟の行く先を阻んだのだと、手に伝わる硬質な感触が俺に伝えてくる。

それを理解すると同時、俺は身体を捻り——

「回し蹴り」

宣言通りの、勢いを乗せた蹴撃。

俺の言葉を耳にしたフェリは、咄嗟に腕をクロスして備えるも、受け止めた先からミシミシと腕が悲鳴を上げ、

「いっ、ッ……」

数歩押し返された後、痛みにうずくまった。

「……もう、いいだろう」

少し、傷つけてしまった。

先生達相手ならまだしも、フェリは違う。

でも、こうでもしないと彼女は諦めてくれなかっただろう。

「あんたじゃ、無理だ。諦めろ」

フェリの事は殆ど知らない。

それでも、恐らく、俺とは潜ってきた修羅場の数が違いすぎる。

「…………」

返事はない。

フェリは、確かに強かった。

精霊術と呼ばれるものであろう技術は脅威でもあった。

だが、それだけ。

勝てないと思わされるだけの何かが備わっているわけではなかった。

「殿下」

腕をかかえ、俯いたままフェリが俺を呼ぶ。

声は、震えていた。

「以前の、殿下ならまだしも。今の殿下を一人にはさせられません」


ファイ・ヘンゼ・ディストブルグという人間はこれまでずっと、逃げよう——そんな考えがまず先に来る人間だった。

だけれど、剣を手にしたその時から一変した。

まず逃げるのではなく、剣を執るように。

そして自分から矢面(やおもて)に立つように。

その姿は、死にたいと願う人間にしか見えなかった。

栄光を望まない。

讃えられることも望まない。

剣を振るとなれば、自分はクズだと思い込ませ、己の心の中に残る良心を無理矢理に押し潰す。

誰かを守ったという達成感は後回しに、自責を始める。

何かを抱えているにもかかわらず、誰にも打ち明けない。誰も頼らない。

それでいてどこか、達観していて。

それでも、誰かの力にはなろうとする。

人として考えが破綻しすぎているのだ。

常人とは思えない思考回路。

一人にしてしまうと、本当に消えてしまいそうな人間だった。

「貴方を一人には、させられません……」

言葉は繰り返され、声には今まで以上に力が込められる。彼女が気にかけているのは、誰かに理解されたいと求める事をしない、一人の剣士の心のカタチ。

見通せぬ心は暗い洞のようで、どこまでも不安を掻き立てる。

そしてそれを、フェリは知ってしまった。理解してしまった。だからこそ、何があろうと目を離すわけにはいかなかった。

ログザリア・ボーネスト。

彼は本当ならば、死に逝くだけであった騎士だ。

その願いに応えた結果、ファイは見返りを求めたか。否だ。

レリック・ツヴァイ・アフィリス。

彼は、孤立していた子供に声をかけた。

それは、ただその子供の立場が王族であっただけで、特別な縁は何もなかった。

けれどそれをきっかけに構い続けた結果、二人は友人という関係に落ち着いた。

他の人間であれば、義理も恩義も感じる事はないだろう。

感じたとしても、戦線に身を投じ、悲しい顔をしながら人を斬る程の事ではないはずだ。

そしてまた、ファイは見返りは求めなかった。

メフィア・ツヴァイ・アフィリス。彼女にだって、そうだ。

フェリは、死なせたくなかった。

ファイ・ヘンゼ・ディストブルグという人間を。

だというのに本人は、抱える悩みをろくに打ち明けず。

挙げ句の果て、

『どうすれば、笑って死ねるだろうか』

そんな事を言う始末。

本当に、ふざけるなと思ってしまう。

まるで、自分が幸せになってはいけないとでも思い込んでいるようだ。

もしくは、考える幸せが常人とは全く別向きのベクトルになっている。

会話を続ければ続ける程、自分を良く言われる事を好んでいないと理解できてしまう。

それがどうしてなのか。

理由は、死ぬ直前だとしても打ち明けてくれないかもしれない。

それでも、フェリ・フォン・ユグスティヌとして言える事は。

ファイ・ヘンゼ・ディストブルグは、幸せになって良い人間なはず、という事だ。

ファイがあくまで利他的（りたてき）な考えを持ったまま、他人の為にと剣を振り、そして死んだなら、自分は一生後悔する。王家に仕える者として、これ以上恥ずべき事はないと言い切れる。

だからこのまま終われない。

一人には、しておけないから。

「傷を、つけてしまうかもしれません」

力を込める。

ヒトには見えない神秘のチカラ――精霊術。

「ですが、こうでもしないと止められないのなら、私は喜んで貴方に傷をつけましょう」

地鳴りがする。

震源は少し遠くか。

けれど、地の底から聞こえてくる地鳴りは少しずつ少しずつ大きくなり、刻々と音が接近してくる。

「私は、殿下が何に苦しんでいるのか、何に苛まれているのか、知りません。一切」

できる事なら知りたいです、もちろん。と、笑う。

そして、助けてあげたいと言う。

「ですが、私は貴方を救ってあげたい。それは私じゃなくてもいい。でも、いつか、必ず」

多分また、あなたは無茶をするつもりだろう。

アフィリスの時だってそうだ。

あれだけの技を行使しておいて、反動がゼロなわけがない。

それでも、弱音は一度だって吐いていなかった。

それが危うい。

「だからそれまで、殿下には死んでほしくないんです。そんな悲しい考えを持ったまま、死んでほしくない」

血を吐くように渇望する彼女の心情に呼応するかの如く、海面が上昇する。

水が、溢れてくる。

「反則かもしれませんが、一応は私のチカラの一部でもあります」

少しだけ、少しだけ。と、フェリは言葉を反芻する。

「だから、今だけチカラを貸してください」

海面から、巨大な、巨大なナニカが姿を現す。

鱗を持った、巨大な生物。

「お願い、します――〝水竜〟」

第二十九話　剣帝と呼ばれた剣豪

――本当に、いいのだな。

精霊語が聞こえる。

確認を取るように、脳内へ直接訴えかけてくる。

――油断は禁物ですよ。殿下、物凄く強いですから。

――……傷を見ればそれくらい分かるわい。

声は少し、呆れているようでもあった。

ゆっくりと瞼を閉じ、翡翠色の瞳が隠れる。

——アレが、お前の主か。

それだけ言って、数秒の沈黙が訪れた。

——……身体を、借り受けるぞ。

——どうぞ。

言葉に迷いはない。

これが、今できる最善策であるから。

一拍、二拍と時が流れ、

「…………」

ゆっくりと、瞼が開き、瑠璃色の瞳があらわになる。

「あまり、コヤツをいじめてくれるな」

フェリの姿のまま、違う声が聞こえてくる。

口調も雰囲気も、何もかも違う。

「……降霊(こうれい)か」

自分という身体に他の存在を降ろす事で、その者のチカラを最大限発揮させる、降霊と呼ばれる技術。

見たのは初めてではない。ゆえに心は乱されない。

「ほう」

知っているのか、とフェリの姿をしたナニカが片眉を跳ねさせる。恐らく、直前に彼女が口にした言葉から察するに、〝水竜〟。

現に、先程海面に姿を現した竜のような存在が今は姿を消している。

実体であったのか、そうでなかったのか。確認する術はないが、気にする程の事でもない。

「なら、遠慮は無用よな？」

水竜がそう不敵に笑(え)んだ理由は、即座に理解が及んだ。

降霊とは、己より上位の存在をその身に降ろす行為。水竜の笑みは、今までとは違うぞというメッセージであった。

「安心せい、灸(きゅう)を据えるだけよ」

刹那。

無拍子(ぶびょうし)。且(か)つ、神速無音――

「……っ」

背後に何かが来るような気配を感じ、勘で剣を振るう。

「これを防ぐかッ！！」

ガキンッ、と鈍い音と衝撃が手に伝わると同時に後ろを向くと、フェリの姿をしたナニ

カが愉しそうに叫ぶ。

「だが遅いわッ‼」

相手は剣を上段に振るった瞬間に次のモーションへと入っており、それを防いだ次の瞬間には、鋭い蹴りが俺の顔に真横から迫り——

(速すぎる……ッ)

いくら俺が反射速度に長けているといえど、流石に限界がある。

ただ、蹴撃は蹴り上げるような軌道を描いていた。

狙いは首。

首さえ動かせれば。

そう考えるよりも早く身体が動いた。

「ッぶねえ！」

ブォンッ、と響く風切り音が、仰け反るように回避した首の真横を通りすぎる。

アレをくらえばどうなるか、想像に難くない。

フェリの顔だからと油断してしまったが、中身は全くの別物。

ここは距離を一度取って——

「逃がさんよ」

その暇すら与えられる事なく、既に懐に入り込まれており、回避行動直後の死に体の俺へと迫る、引き絞られた左手の握りこぶし。

「か、ハッ……!?」

ミシリと腹部に拳がめり込み、胃に溜まっていたものが押し出されてくる。

そして、勢いの乗った渾身の一撃が振り抜かれ、後方へと吹き飛ばされて、大きな木の幹に激突。

地鳴りのような音が遅れてやってくる。


「……あの状態で、引きおるか」

フェリの身体を借り受けた水竜は、振り抜いた拳に目をやりながら瞠目した。

あの死に体の状況で、ファイは身体を後ろに引いたのだ。

それで僅かでも威力を殺した。

フェリ曰く、相手は人間のはず。

若い年齢、人間という種族にもかかわらず、この技量。水竜が目を見張るのも当然だった。

「だが、これで――」

あえて剣ではなく拳を使った。

だからこそ、本気の一撃だった。

気絶させる事を目的とした拳撃だったはずだ。

だというのに、暗闇を帯(お)びた周辺から、何かが這い出てくる。

切っ先のある何か。いや、まだ理性はあるのか、刃引きをされている。

確かな手応(てごた)えがあったはずだ。

なのに。

「〝影剣(スパーダ)〟」

声がやってくる。

数十メートル先に人影が見える。

立ち尽くす人影。

痛みに顔を歪めるどころか、口角が吊り上がっている。

笑っていた。笑っているのだ。

「これは……」

続々と姿を現す影の剣。

その数は目算(もくさん)で百程。

しかも、その一つ一つに意思のようなものが感じられる。

「お主、本当に人間か？」

こんな真似ができる存在を、水竜は〝剣霊(けんれい)〟を除いて知らない。

人間には時折、強大な力を持った〝英雄〟という存在が誕生する事は、水竜も知っている。それにしても、異常すぎた。

精霊に近い存在であるがゆえに、水竜には見える。

這い出てくる〝影剣(スパーダ)〟全てに感情が込められているのが。概念(がいねん)が詰め込まれているのが。

長年使い込んだ得物に、感情が込められる。

それはよくある事だ。

愛着であったり、斬りたいという意思であったり。そんな感情が、這い出てくる影の剣全てに、込められていた。

どす黒い感情。

執念(しゅうねん)、怨念(おんねん)、そういった類(たぐ)いのナニカ。

危険すぎる。

水竜はそう思わざるを得なかった。

「生憎と、人間を辞(や)めたつもりはねえよ」

ゆっくりと歩み寄ってくる。

普段通り、何もなかったかのように。

先の一撃は、間違いなくダメージとして蓄積(ちくせき)されているはずだ。それでも、弱みとして見せる事を一切許容しない。

その心構えはまごう事なき戦士であり剣士。

水竜はその我慢強さを、胆力（たんりょく）を、何より評価した。

「フェリの身体だ。あんたを殺す気はもちろんねえが、負ける気もねえ」

ガシャリ、と音を立てて〝影剣（スパーダ）〟を持ち直す。

「……傲慢なヤツよ」

不満足そうに言う水竜を見ると、無性に笑いが込み上げてくる。

「くはっ」

あからさまに笑う。

歪みきった笑みを向ける。

「そういう事は」

終（つい）ぞ勝つ事は叶わなかった先生とのかつてのやり取りを思い出しながら、俺は言葉を吐き捨てた。

「俺に勝ってからじゃねえと、取り合ってはやれねえなあ⁉」

即座に〝影剣（スパーダ）〟を横薙（よこな）ぎに振るう。

「〝斬撃（スパーダ）ッ〟‼」

闇色に染まった三日月が宙に飛ぶ。

それと同時、思い切り駆け出した。

「こんなもので……」

直線的な斬撃。

避ければ済む。そう思っていたのだろう。水竜は正面から受けて立つような構えを見せるも、

「いや――」

俺の姿が掻き消えた事を理解するや否や、起こそうとしていたであろう行動を中断。

その理由は、潜り込むようにして、飛ばした斬撃の下から俺が姿を現したから。

「そこよ!!」

「〝影剣(スパーダ)ァ〟!!」

行動が読まれている事は織(お)り込み済み。

だが、水竜は俺の戦い方を知らない。

展開していた百もの〝影剣(スパーダ)〟のうち、約半数が水竜に牙を剥く。

「ここで来るかッ!?」

チィッ、と舌打ちをして回避しようとする水竜。

しかし、

「悪りぃが、数秒は逃がさねえよ?」

水竜。もとい、フェリの身体から伸びる影には、〝影剣(スパーダ)〟が一本突き刺さっていた。

斬撃はフェイク。本命はこの——〝影縛り(スパーダ)〟。

影を通して相手を固定する反則技。

相応の実力者に対しては決定打にはならないものの、数秒の拘束は可能。

四方八方から展開される数の暴力。

それでも、水竜は止まらない。

「水流、逆巻(さかま)けッ‼」

ゴゥッ、と音を立てて、水竜の周囲に水柱が五本、立ち上る。

それが混ざり合い、逆巻き合う事で、竜巻のような現象が起こった。

飛来していた〝影剣(スパーダ)〟はそれに巻き込まれ、勢いを殺されて霧散していく。

それでも俺の攻撃は止まらない。

たとえ目の前にあるのが竜巻だろうが、何だろうが。

「〝影剣(スパーダ)〟に斬れねえものはねえんだ、よッ！！！」

斬る、という意思を込めて。

体重を乗せた、最高の一撃。

加えて〝斬撃(スパーダ)〟を纏わせ、縦一閃(たていっせん)に振るった。

それは水の竜巻を縦に斬り裂き——

「ッ、ぐっ⁉」

水の竜巻に守られていたはずの水竜へと迫る。

水竜が手にしていた得物目がけて振るうと同時、苦悶の声が上がった。

力同士のぶつかり合いの末、押し負けた水竜が勢いよく飛ばされるも、追撃をと吹き飛んだ先へ俺は一直線に駆ける。

「オ、ラァッ‼」

駄目押しとばかりに〝斬撃(スパーダ)〟を放つも、すぐに霧散する。理由は一瞬で理解できた。

「ッ、あああぁああぁぁぁ！！！」

自らを鼓舞するかのように水竜が大声を上げる。

地面には引きずられたような跡がくっきりと刻まれており、その先に立つ水竜の姿がはっきりと俺の目に映った。

「簡単にくたばるんじゃねえぞ……ッ」

血潮(ちしお)が沸(わ)き立つ。

高揚感は、最早抑えきれないレベルに達していた。

しかも、殺し合いではなく単なる仕合という名目。

先生達との仕合が思い起こされる。

振るっても、振るっても、終わらない剣撃の応酬(おうしゅう)を。

「は、ははっ、あはははははははッ！！！」

笑いが止まらない。

振るって、振るって、剣を振るい続ける。

薄く残った夜闇を斬り払い、大気をズタズタに斬り裂く猛攻。

それすらも、水竜は受け切る。

裂傷をつけられながらも受け切る。

軌跡しか残らない剣撃。

笑い声と、金属の衝突音、剣風。

「ぐ……ッ」

間断のない攻めを前に、防戦一方となってしまった水竜が呻く。

数十、数百と打ち合えば、相手の剣というものは自ずと見えてくる。それは型であり、癖であり、剣筋の凡その予測である。

にもかかわらず、俺と水竜の形勢は逆転しない。むしろ、水竜の表情はより険しいものへと移り変わっていく。

「考え事をする余裕があんたにあるのかよッ⁉」

水竜の考えている事は手に取るように分かった。

こいつは、俺の剣筋を吟味しているのだろう。

この、王道とは程遠い唾棄（だき）すべき剣を。殺しに特化しすぎたこの剣を。

「この――ッ」

攻め立てる俺の声を無視し、反撃を試みようとした水竜の剣をまた弾くと、大気が軋（きし）んだ。

そして嵐を彷彿（ほうふつ）させる苛烈（かれつ）な剣撃が、水竜のもとへ殺到する。

相手がフェリの身体を使っているから、俺は意図的に急所となり得る場所には攻撃を向けていない。それは水竜も理解しているらしく、中々有効打を与えられない。

にもかかわらず、拮抗（きっこう）どころか水竜が押される状況は一向に変わらない。それ程までに、俺の『剣』と水竜の『剣』には、経験と、力量の差があった。

そして実際の時間にして数分、しかし体感ではその数十倍にも感じられた長い長い剣撃の応酬は、呆気ない終わりを迎えた。

「あ、ぐッ」

立て続けに受けた猛攻。それが疲労として腕に蓄積していたのだろう。

水竜の持つ剣が地面に落ち、そして落下音が鳴る。

「悪いが」

俺は、刃引きされた〝影剣（スパーダ）〟の、刃であった部分を水竜の首元に添える。

「お前の、負けだ」

第三十話　死に狂い

「く、ははっ」

剣を落とし、震える膝を大地につけながら水竜が笑う。

その視線は、俺の腹部に向けられていた。

「よもや、己自身がはじめに言った条件とやらを忘れたわけではあるまい？」

――仮に俺が傷らしい傷を負ったのならば。

少し前に口にした言葉が脳内で繰り返される。

「はんっ」

自分が正しいと一切疑わない、自信に満ちた面持ちの水竜を見て鼻で笑い、持っていた〝影剣(スパーダ)〟をぽいっと後ろに投げ捨てる。

宙に放り投げられた〝影剣(スパーダ)〟は影となり、地面に溶(と)け込むように消えていく。

代わりにとばかりに、刃引きされていない新たな〝影剣(スパーダ)〟を創造。それを腰に下げてから、俺は言葉を紡いだ。

「俺が約束を交わしたのはフェリだ。間違ってもあんたじゃねえよ」

「そんな屁理屈をこねて、あやつの覚悟に対し知らぬ存ぜぬを通すか？」

水竜の目は怒っていた。

負けたはずだというのに、微塵もその様子は感じられない。

「剣を交えて、おおよその事は知れたわ」

それは、鬼気迫る様子だったにもかかわらず、可能な限り傷つけまいと、殺すまいと剣を振るっていた事に対する言葉だろう。

「憎からず想っているならどうして側に置かない？」

「だからに決まってるだろ」

逡巡なく言い切る。

グレリア兄上を守ってもらいたい、それは当然として。

「フェリはグレリア兄上の下にいた方がいい。二人には生きていてほしいから」

守りたいモノはこぼれ落ちないように手元に置いておく。

確かに、そうすべきだし、俺もそうしたい。

ただ——

「悲しい事に、側にいた人間は殆ど死んで逝った記憶しかねえ。頭では分かっていても、大切な人間程できる限り近くには置きたくない。それでも、やっぱり死なせたくないヤツは近くで守ってやりたい」

おかしいだろ？　と笑う。

「この矛盾から俺は逃げたのさ。考えれば考える程に分からなくなるこの矛盾から」

「……だから死を望むのか、お主は」

人殺しに特化した剣であり、戦い方。それが俺のスタイルだと自覚している。

水竜もそれに気づいているようだった。

自分の身体を一切顧(かえり)みない戦いよう。

確実にダメージは蓄積されていた。肋骨(ろっこつ)が折れた感覚もあった。剣を振る際に口から吐血もしていた。

それでも剣を振る事を止めず、自ら死に向かうような戦いぶり。時に自分の身体ですら餌(えさ)にする思考回路。

俺の中で人としての当たり前が破綻している事など、とうの昔から自覚があった。

「死は、怖くないか」

何を思ってか、水竜がそんな事を尋ねてくる。

でも、俺に向けられたその言葉には、どこか気遣いのようなものがあった。

だからだろう。何となくだが、言わんとしているおおよその事は分かってしまった。

水竜が心配しているのは、恐らくフェリの事だ。彼女の心情を知っているが為に俺のことをこうして気にかけざるを得なくなっている。加えて、心なしか俺に向けられた言葉には同情のようなものが込められていた。

「………」

すぐに、返答の言葉は出なかった。

それでも、ゆっくりと、脳内で言葉を吟味しながら口にする。

「一応は、怖い」

その答えがこれだった。

「それでも、会いたいヤツらがいる」

「………」

会いたい人間。

それは死人だ。

話の脈絡から理解したのか、水竜の顔が目に見えて歪む。

「だから俺はまた、剣を握れたのかもしれない」

剣を振るう事程、死に近づく行為を俺は知らない。

もとより、俺の行動原理はもう一度先生達（みんな）に会いたいという一点に尽きる。

剣を何があっても握らない。そう言い切れなかったのは、そういった理由によるのかもしれないと、今更ながらに気づき、笑みがもれた。

「……いや、きっとそうなんだろうな」

孤独に死ぬ事は怖い。

だからこそ、剣を振るって死ぬのなら。

誰かを守る為に死ねるのなら、俺は――

「お主が死ぬ事で、悲しむ者がいたとしてもか」

「そんなもん決まってんだろ」

人殺しの畜生が死ぬ事に、悲しんでくれる人がもしいるのなら。

孤独でないその間に、死んでしまいたい。

たとえその相手に、要らぬ十字架を背負わせる事になろうとも。

そんなクズが、俺だ。

「だとしても、答えは変わらねえよ」

たった一度の孤独にすら怯（おび）える弱虫。

それが俺、ファイ・ヘンゼ・ディストブルグの本質。

「俺は天下に轟く〝クズ王子〟」

自分に言い聞かせるように言葉を続ける。

「どこまでもクズな人間が、俺というヤツだ」

自嘲気味に笑う。

「だがまあ」

フェリの姿をした水竜に目をやりながら言う。

「凄く心配されているのは、流石に俺でも分かる」

どうしてそこまで気にかけるのか。

王家に忠義を尽くす為だけにしては、些か行きすぎな気もするけれど。

「その想いを無下にする程、俺も人でなしじゃない」

温かい感情は素直に嬉しい。

俺の考えが変わる事はない。

それでも、死ぬのはもう少し、先がいいと。

少しだけそう思ってしまった。

「まだ死にはしないさ。今はまだ――」

そう言って、膝をつく水竜に合わせるように屈み、フェリの身体を担いで立ち上がる。

小さな身体。

見た目通り、凄く軽くて、力を込めれば容易く折れてしまいそうな。

そんな弱々しい存在に思える。

「ッ、歩くくらい、できるわ……！」

担がれた状態で水竜が呻く。

「ボロボロの身体で言っても説得力ねえよ」

呆れ気味に諌める。

「少し、騒々しくしすぎた。それに、早くフェリの身体を休ませてやりたい」

そう言って歩き出す。

広場に来てから三〇分程度は経過している。

そろそろ住人の姿も見えるようになる頃のはずだから、この場を後にする事が先だ。

「それを言うならお主だって……‼」

目を剥いて荒々しく声を上げる水竜であったが、俺が痛がる素振りなんてものは一度として見ていなかったと気づいたのか、言葉を止めた。

「自分の身体は、一番初めに屈服させるものだ。俺は、そう教わった」

不思議そうに俺を見詰める水竜に向けて、ネタバラシを始める。

「傷を負ったから動けない？　身が竦む？　それは当然だろうな。それでも、俺達は止まれなかった。生きる為にはその当然を覆す必要があった。痛みなんてものは、ただの邪魔でしかなかった」

「…………っ」

水竜の顔が引きつっていく。

自身の渾身の一撃を、気にする程のものではないと言外に言い切る俺の言葉に対して。

「だから気にするな。お前はフェリの心配だけしておけ」

俺という人間はもう、どうしようもないまでにおかしくなってしまっている。否、そうならなければいけなかった。

俺が尋常であったならば、ここにはいない。

痛覚がないわけではない。

痛いものはもちろん痛い。

ただ、優先順位が少し、普通の人とは異なっているだけ。

「フォンの――」

ポツリと、水竜が口を開く。

「フォンの小娘が執着する理由が分かった気がするわ。これは、あやつでなかろうと、目を離せんと言ってしまう」

「そうかよ」

水竜やフェリが、俺の事をどう思おうが構わなかった。

心配するなら、勝手にしておけばいいと思う。

ただ、少しだけ、そう思ってくれる人間がまた出来てしまった事に対する嬉しさと、自分の前からいなくなる可能性が再び生まれた事に対する悲しさが、こみ上げてくるだけで。

「お主は、強い」

不意に、そんな言葉が耳に届く。

「剣の強さ、在り方といい、本当に心から死を望んでいる者では到底、身につけられるものではない。執念のようなものを感じた」

剣士は剣で語る、とよく言われる。

それは比喩ではなくて、本当にその文字通り。

ひと振り、ひと振りに俺達は感情を込める。

だからこそ、ある程度剣を交えた相手には色々と筒抜けだったりもする。

「どうして、そこまでして死を求める」

真剣な眼差しが俺を射抜いてくる。

死を求める。

確かにそうかもしれないけれど、どちらかと言うと今、この世界で生き続ける理由がないと言った方が的確だと思う。

というより――

「俺は、剣を振るって生き続けるのが怖い」

生き続けるという事は、俺にとって親しい人間の死を、刻々と独りになる虚無感、孤独感を味わう事に他ならない。

剣を振るう行為とは、死と隣り合わせ。

どこまでも死がつきまとう。

また、あの時と同じだ。また、繰り返す羽目になる。

だから俺は――

「なんてな」

声のトーンを普段通りに戻し、へらへらと笑う。

「冗談だ、冗談」

重苦しい空気を一蹴するように言ってのける。

「だけど、恐らく長く生きたところで、先に待ってるものは決して良いものではないと思うぜ」

思い返す、かつての記憶。

孤独一色だったかつての光景。

耐え切れず、自刃した己自身。

本当にバカなヤツ、と過去の自分を嘲りながら言葉を続けた。

「人を殺し続けた事が強さと言われる世界なら、その先に待ってるのは決していいものじゃねえよ。多分、ロクでもない景色が見えると思うな俺は」

いやに実感が込められてるなあ、と。

自分で言っていて、どうしようもなくそう思ってしまった。

第三十一話　動き出す物語

「……ん」

「ようやく、意識が戻ったか」

ムクリと上体を起こしながら瞼を開けるフェリに向けて、顔を綻ばせる。

時刻はまだ朝の七時過ぎ。

ようやくといっても、二時間程度の話だ。

「……申し訳ありませんでした」

開口一番。

彼女の口から出た言葉は、謝罪だった。

相変わらずというか、フェリらしいなと思う。

「俺を想っての行為だったんだろ？　それに、たまには打ち合いも悪くない」

「いえ、ですが……ッ」

食ってかかろうとしたところで、フェリが突然硬直する。

どうにも、違和感に気づいたらしい。

「これ、殿下が？」

無骨な治療跡。

拙いながらに、ぐるぐる巻きの包帯であったり、そうしたものがフェリの身体の至る所に存在していた。

「魔法、だっけか。俺は上手く使えなくてな。傷つけた張本人だってのにそのくらいしかできなかった」

「…………」

自己嫌悪に陥る程に下手な処置だった。

誰かを治すという行為が絶望的にできない。

俺がそんな事実を告白すると、フェリは意外そうに目をパチクリとさせ、数秒の間を置いてからクスリと笑い始めた。

「殿下」

ふいに、呼ばれる。

「こちらに」

座っていた椅子から立ち上がり、フェリのすぐ側に歩み寄る。

「失礼します」

そう言ってから、フェリは俺の腹部に手を当てる。

「『癒せ』」

その手に、緑色の光が灯る。

優しい光だった。

痛みが、引いていくのが分かる。

これが、魔法。

前世の、〝血統技能〟と大差ないなと思ってしまう。

恐らく、俺にとっての魔法が〝影剣〟なのだろう。そう考えるのが一番、しっくり来た。

「便利なものだな」

傷がそれなりのものだったのか、まだ治療は続いているが、刻々と痛みが和らいでいくのを実感する。数分もすれば、以前と変わらない状態にまで快復するだろう。

「そう、ですね。傷を負った際は、いつでも私を頼ってください」

この傷をつけたのは、私なんですけどね、と自嘲気味に笑うフェリを見て、お互い様だと俺も笑った。

「強がる事は、身体に毒ですから」

「一応、気をつける」

「はい。気をつけてください」

その返答が言葉だけにすぎないと分かってか、言っても聞かないと思ってか。

フェリはしょうがない人だとばかりに、笑うだけだった。

俺の治療が終われば、次はフェリ自身。

申し訳なさそうに俺の下手くそな包帯などを解きつつ、治療を施していく。

数分もすれば、もう傷らしい傷は一つを除いて見当たらなくなっていた。

「そこは、治療しないのか？」

右腕の裂傷。

そこだけ、包帯が巻かれたままになっていた。

「殿下の、厚意ですから」

嬉しそうに言う。

それで傷が浅いところをあえて残したのか。

無骨な治療の何が良いんだかと疑問に思うものの、少しだけ、その言葉が嬉しかった。

「なぁ、フェリ」

今度は俺が彼女を呼ぶ。

そのまま手のひらを床に向けると同時に、窓から入り込む光によって生まれていた影から、ひと振りの〝影剣(スパーダ)〟が這い出るように顔を出した。

「これ、持っておけ」

そして、その〝影剣(スパーダ)〟をフェリに手渡す。

「御守りみたいなもんだ……要らなかったか？」

フェリは、約束を守る人だ。

きっと、グレリア兄上のもとへ向かう。

そして、力になってくれるだろう。

だから、〝影剣(これ)〟はいざという時の保険。

「いえ、有り難く頂いておきます」

ギュッと、力強く鞘に収められた〝影剣(スパーダ)〟をフェリは握りしめた。

「そうか」

もう、これで用事は済んだ。

俺はクローゼットに向かい、収めていた服を取り出して羽織(はお)る。

「知人の知人に今から会いに行ってくる。夕餉には戻ると、そう伝えておいてくれ」

「なら――」

私もついていきます。

フェリがそう言い終わる前に俺は部屋を後にし、扉を閉めた。

「今は休んでおけ。強がる事は、毒なんだろ？」

扉越しにそう叫ぶ。

意地の悪い返答だなあと思いながらも、俺が歩みを止める事はなかった。

入り組んだ裏通り。

照明灯のない、暗闇に覆われた場所。

まだ昼前だというのに、薄暗く、人気(ひとけ)も感じられない。

「——ここ、か」

薄汚れた扉の前で、俺はひたと立ち止まった。

「さて、と」

そう言って扉に付けられたドアノブに手を伸ばすも、

「……む」

鈍い感触が返ってきた。

扉が、開いていない。

困ったな。

そう思って辺りを見渡した刹那、暗がりから、ゆらりと人影が姿を現す。

光が差していない事もあり、姿はうっすらとしか見えないものの、奇(く)しくも俺と同じ歳の頃らしいと分かる。

「今日はぼくが番なんだけど、ここに何か用かな」

相手を推し量(おしはか)らんと、少年は目を細める。

「……花屋、いや、ウォリックから紹介を受けてここに来た」

リィンツェルに来る以前に購入した、彼岸花の花束。

そこに隠すようにして差し込まれていた一通の手紙を、目の前の少年に見えるように取り出した。

『リィンツェルで困った時は、この者を頼ると良いでしょう』

紹介状と言えるかは微妙だが、紹介をされたのは事実。

どうにも相手は商人らしく、住所のようなものが三つ程記載されており、その一つへやってきたらこの状況になった、という具合だ。

「アポは？」

「取っていない」

「じゃあダメだ。大旦那からは今日、誰かが来るなんて事は聞いてない。一応これでも給金をもらって番をしてるんだ。お帰り願えるかな」

しっしっ、とどこかに行けとばかりに手を振られる。

「…………」

取りつく島もない様子に俺は口ごもり、黙考を挟んでから再度言葉を口にした。

「仮に、アポを取ったとして、いつ会えるか」

「さぁ？　そんな事を聞かれてもぼくが知ってるわけがないだろう。君がどこのぼんぼんかは知らないけどさぁ」

あえて着てきた煌びやかな服装に、少年の目が向く。

呆れたような表情で見つめてくる。

「ここは裏街。その格好は少し、悪目立ちが過ぎると思うけどなあ」

ニヤニヤと下卑(げび)た笑みを向けられる。

それと同時、俺の視線の奥の方からぞろぞろと人が集まってきた。

後ろは、壁。

つまりは行き止まり。

「自分の不注意さと馬鹿さを恨(うら)むんだね」

少年は手を出す気がないらしい。

あくまで番という役割に徹し、どちらにも肩入れする気はないようだった。

目算で三〇人程の身なりの悪い者達が、俺という餌に群(むら)がってきていた。

間違っても、俺の視線の先に映る彼らが好意的な人間であるとは思えない。

「くはっ」

思わず笑みが、もれる。

蠱惑(こわく)めいた、狂った笑みが。

見たところ、得物を手にしている者も複数いる。

剣を抜いている者すらも。

相手が商人だからと、見くびられないように衣服に気を使ってみればこれである。

本来ならば、ため息の一つも吐きたいところではあるが、運が悪いのは相変わらずか、と、代わりに笑いが込み上げてきた。

「剣を向けたからには、それ相応の覚悟があるんだよな?」

返事はない。

服を傷つけるな、配分はどーだ。そんな言葉ばかりで、こちらと会話する気はないらしい。

「まぁ、いいか」

少年は、事の行く末を愉しそうに遠目から眺めている。

他人の不幸が好きなのか。

悪趣味と言わざるを得ない。

「正当防衛だ。恨んでくれるなよ」

得物を片手に、我先と襲いかかってくる者達に向けて言う。

ここ、裏街は殆どの場所が暗闇に覆われている。

影が、出来ている。

狙うは足もと。

彼ら全員を地面に縫い付けるよう、意識を向け――

「〝影剣〟」

ザクリ。

そんな音を幻聴してしまう光景が、一瞬で目の前に広がり、

「がぁっ……!?」

そこからは、聞くに堪えない絶叫が、辺り一帯に轟いた。

「……はぁ」

俺は本当に、運がない。そう思わざるを得なかった。

少しだけ歩いて、先程手をかけたドアの近くに腰を下ろし、空を仰いだ。

まだ昼前だ。時間はある。

ここで待っていればそのうち出会えるだろう。

「………」

ふと、人の気配を感じて横を見る。

そこには、傍観に徹していた少年がこちらを見据えて立っていた。

「……君、なんて名前?」

声は震えていた。

それでも、油断ならない相手と認識したその瞬間から、少年はずっと俺を視認し続けて

いる。

少年の腰には剣が下げられている。

胸にもあからさまな膨(ふく)らみ。ナイフか何かだろう。

番をしていると言っていた。

少年は、剣士なのだと思う。

警戒を高めるその姿勢には、好感が持てた。

「ディストブルグ王国が第三王子、ファイ・ヘンゼ・ディストブルグ」

金の髪を小風に揺らしながら、〝影剣(スパーダ)〟に手を添えて言葉を続ける。

「『豪商(ごうしょう)』――ドヴォルグ・ツァーリッヒと話がしたい」

恐らく、俺の願いに応えられる人間は、その者を除いて誰一人いないだろうから。

「――その為に俺は、ここへ来た」

あとがき

この度は文庫版『前世は剣帝。今生クズ王子1』をお手に取っていただき、誠にありがとうございます！　作者のアルトです。

今作は前世の業を背負った強い剣士が、過去に囚われながらも前を向いて生きていく、そんな物語を作りたくて執筆しました。Ｗｅｂ連載中の初期、結末をどうしたものかと試行錯誤していた日々は、今ではすっかり懐かしい思い出です。

主人公ファイにとっての一番のハッピーエンドとは、どういうものだろう？

昔の仲間達のように戦いの中で笑って死ぬ事か。

過酷な世界でも笑って明日を生きる事か。

平和を望むが故にあえて剣を手放す事か。

地獄のような前世を生き抜いてきたファイが、今世ではどんな人生を送るのか？

絶望に支配された以前の場所より、幾分はマシな世界に転生を果たしたとはいえ、彼の歩むべき道程を決めるまでには、随分と悩みました。

執筆中は、その事を頻繁に考えていた為、本当に思考があっちへ飛んだりこっちに行ったりする堂々巡りに七転八倒したものです（笑）。

それでも、ファイと彼を取り巻く人間達との関係を書いているうちに、不思議と悩みに悩んでいた物語の行く末が朧気ながら立ち上がっていきました。

それは無我夢中で執筆を続けた成果に加え、絵師である山椒魚様のイラストの力に助けられた部分も大きかったと思います。

私自身、本作が初めての商業出版による書籍だったので、プロのイラストレーターさんにイラストを描いてもらう機会は初めてでした。その事もあって、最初にキャラの立ち絵ラフを頂いた時の衝撃といったら――！　思わず小躍りしてしまい、一瞬、語彙力が行方不明になって、意味不明な言語を口走ってしまう程やばかったです！　今も尚、新しいイラストを目にする時は、そこだけは変わっていません……。つまり、実際の絵があるとやはり作者としても物語の続きが考えやすくなる為、とても助けられたわけです。

その中でも、私は特にイディスの絵が大好きで、一回だけの登場は勿体なさ過ぎる！と本気で思ってしまいました（笑）。絵師様のイラストパワーは偉大です。

他にも、まだまだお話ししたいこともあるのですが、この辺りでお暇させていただきます。それでは次巻にて、また皆様とお会いできる事を願って。

二〇二一年八月　アルト

大好評発売中！

累計600万部（電子含む）突破！

ゲート SEASON1 大好評発売中！

単行本

●本編1～5／外伝1～4／外伝+
●各定価：1870円（10%税込）

文庫

●本編1～5〈各上・下〉／
外伝1～4〈各上・下〉／外伝+〈上・下〉
●各定価：660円（10%税込）

漫画

漫画：竿尾悟

●1～19（以下、続刊）
●各定価：770円（10%税込）

スピンオフコミックスもチェック!!

ゲート featuring The Starry Heavens
原作：柳内たくみ
漫画：阿倍野ちゃこ
1～2

ゲート 帝国の薔薇騎士団 ピニャ・コ・ラーダ14歳
原作：柳内たくみ
漫画：志連ユキ枝
1～2

めい☆コン
原案：柳内たくみ
漫画：智

●各定価：748円（10%税込）

大ヒット 異世界×自衛隊 ファンタジー！

自衛隊 彼の海にて、斯く戦えり

GATE SEASON 2

1〜5

柳内たくみ 著
Yanai Takumi

1〜5巻 好評発売中！

文庫1〜2巻（各上・下）大好評発売中！

●各定価：660円（10%税込） ●Illustration：黒獅子

●各定価：1870円（10%税込）
●Illustration：Daisuke Izuka

ネットで人気爆発作品が続々文庫化！

アルファライト文庫 大好評発売中!!

アラフォーおっさん、ボスモンスターをワンパン撃破!?

超越者となったおっさんはマイペースに異世界を散策する 1〜5

1〜5巻 好評発売中!

神尾 優 Yu Kamio　illustration ユウナラ

召喚されてボスモンスターを瞬殺するも、
激レア最強スキルが制御不能……!?

若者限定の筈の勇者召喚になぜか選ばれた、冴えないサラリーマン山田博(42歳)。神様に三つの加護を与えられて異世界に召喚され、その約五分後――彼は謎の巨大生物の腹の中にいた。いきなりのピンチに焦りまくるも、貰ったばかりの最強スキルを駆使して大脱出! 命からがらその場を切り抜けた博だったが――。不器用サラリーマンの異世界のんびりファンタジー、待望の文庫化!

文庫判　各定価：671円（10%税込）

ネットで人気爆発作品が続々文庫化！

アルファライト文庫 大好評発売中!!

お人好し職人のぶらり異世界旅 1〜6

借金返済から竜退治まで、なんでもやります

世話焼き職人！
困った時は俺を呼べ！

1〜6巻 好評発売中！

電電世界 DENDENSEKAI illustration シソ（1〜2巻） 青乃下（3〜6巻）

技術とチートでお悩み解決！
お助け職人が今日も行く！

電気工事店を営んでいた青年、石川良一はある日、異世界転移することに。ぶらり旅する第二の人生……のはずが、困っている人は放っておけない。分身、アイテム増殖、超再生など、神様から授かった数々のチートと現代技術でお悩み解決。料理を振る舞い、借金姉妹を助け、時には魔物を蹴散らして、お助け職人が今日も行く！ お助け職人の異世界ドタバタファンタジー、待望の文庫化！

文庫判　各定価：671円（10%税込）

ネットで人気爆発作品が続々文庫化！

アルファライト文庫 ALPHAPOLIS ライト 大好評発売中!!

便利スキル満載のスキルブック片手に
異世界の森をサバイブしてたら――
トンデモ拠点ができちゃった!?

異世界をスキルブックと共に生きていく 1

大森万丈 Banjou Omori　illustration SamuraiG

種族・経歴・不問の理想郷、出現――。
異世界の森で気ままな拠点暮らし!?

不慮の死を遂げて異世界に転生させられたサラリーマン、佐藤健吾。気楽な第二の人生を送れると思いきや……人里離れた魔物の森でたった一人のハードなサバイバル生活が始まった。手元にあるのは一冊の『スキルブック』のみ。しかし、この本が優れ物で、ピンチな時に役立つスキルが満載だった――。役立ちスキル取り放題ファンタジー、待望の文庫化！

文庫判　定価：671円（10%税込）　ISBN：978-4-434-29103-6

ネットで人気爆発作品が続々文庫化！

アルファライト文庫 大好評発売中!!

え!? 私って「勇者」「賢者」「聖女」のついでなんですか…？

巻き込まれ召喚!? そして私は『神』でした?? 1～4

1～4巻 好評発売中!

まはぷる Mahapuru illustration 蓮禾

天然ボケでお人好しの還暦主人公は、
自分が強すぎることに気づかない!?

つい先日、会社を定年退職した斉木拓未。彼は、ある日なんの前触れもなく異世界に召喚されてしまった。しかも、なぜか若返った状態で。そんなタクミを召喚したのは、カレドサニア王国の王様。国が魔王軍に侵攻されようとしており、その対抗手段として呼んだのだ。ところが、召喚された日本人は彼だけではなかった――。ネットで大人気の異世界世直しファンタジー、待望の文庫化!

文庫判 各定価：671円（10%税込）

ネットで人気爆発作品が続々文庫化！

アルファライト文庫 ALPHAPOLIS ライト 大好評発売中!!

もふもふと異世界でスローライフを目指します！ 1〜5

転移した異世界は魔獣だらけ!? もう、モフるしかない。

1〜5巻 好評発売中！

カナデ Kanade　illustration YahaKo

エルフの爺さんに拾われて
もふもふたちと森暮らしスタート！

日比野有仁は、ある日の会社帰り、異世界の森に転移してしまった。エルフのオースト爺に助けられた彼はアリトと名乗り、オースト爺の家にいるもふもふ魔獣たちとともに森暮らしを開始する。オースト爺によれば、アリトのように別世界からやってきた者は『落ち人』と呼ばれ、普通とは異なる性質を持っているというが……。従魔に癒される異世界ゆったりファンタジー、待望の文庫化！

文庫判　各定価：671円（10%税込）

ネットで人気爆発作品が続々文庫化！

アルファライト文庫 ALPHAPOLIS ライト 大好評発売中!!

魔物蔓延る最果ての魔境で——
無自覚チート ダダ漏れの
お気楽ライフ!?

最強Fランク冒険者の気ままな辺境生活？ 1

紅月シン *Shin Kouduki* illustration ひづきみや

凶悪な魔物が跋扈する辺境の街で
天然勇者、田舎暮らしを大満喫!?

魔境と恐れられる最果ての街に、Fランクの新人冒険者、ロイがやって来た。過酷な辺境での生活は彼のような新人には荷が重い。ところがこの少年、実は魔王を倒した勇者だったのだ。しかも、ロイにはその自覚がないため、周囲は大混乱。彼が無意識に振りまくチートな力で、やがて街は大きな渦に呑まれていく——。元Sランク勇者の天然やりすぎファンタジー、待望の文庫化！

文庫判 定価：671円（10%税込） ISBN：978-4-434-28978-1

ネットで人気爆発作品が続々文庫化！

アルファライト文庫 大好評発売中!!

紅色の文殊が異能スキルを呼び覚ます！

心優しい少年×モフモフ黒魔獣

王都の闇から王女を守り抜け！

欠陥品の文殊使いは最強の希少職でした。1～4

1～4巻　好評発売中！

登龍乃月 Toryuunotsuki　illustration 我美蘭

異能スキルを覚醒させる文殊の力で
王国を揺るがす陰謀に挑む！

名門貴族の次男として生まれたフィガロは、魔法を使えず実家から追放されてしまう。行くあてのないフィガロを引き取ったのは、領地の外れで暮らす老人。その正体は、かつて世界を救った伝説の大魔導師だった――。新しい暮らしの中で、秘められた力に目覚めていくフィガロに次なる試練が立ちはだかる！　Webで話題沸騰！　人生大逆転の魔法バトルファンタジー、待望の文庫化！

文庫判　各定価：671円（10%税込）

ネットで人気爆発作品が続々文庫化！

アルファライト文庫 ALPHAPOLIS ライト 大好評発売中!!

鑑定で仲間の潜在能力を覚醒させ、亜空間倉庫で敵を両断…!?

サポートスキルもなぜか使い方次第で強力に!!

鑑定や亜空間倉庫がチートと言われてるけど、それだけで異世界は生きていけるのか 1～3

1～3巻　好評発売中!

はがき HAGAKI　　illustration TYONE

規格外な二つのスキルを駆使して
目指せ! 安定安心の異世界生活!

ある日突然、目が覚めたら異世界にいた青年、ヨシト＝サカザキ。彼は、異世界に来ると同時に二つのスキルを得ていた。それは、『鑑定』と『亜空間倉庫』。残念ながら二つとも戦闘に使えそうなスキルではないため、ヨシトは魔物を狩る冒険者ではなく、荷物持ちのポーターとして生きていくことにしたのだが――。ネットで大人気の異世界最強サポートファンタジー、待望の文庫化!

文庫判　各定価：671円（10%税込）

アルファライト文庫

この作品に対する皆様のご意見・ご感想をお待ちしております。

おハガキ・お手紙は以下の宛先にお送りください。

【宛先】

〒150-6008 東京都渋谷区恵比寿 4-20-3 恵比寿ガーデンプレイスタワー 8F
（株）アルファポリス　書籍感想係

メールフォームでのご意見・ご感想は右のＱＲコードから、
あるいは以下のワードで検索をかけてください。

ご感想はこちらから

本書は、2019 年 8 月当社より単行本として
刊行されたものを文庫化したものです。

前世は剣帝。今生クズ王子 1

アルト

2021年 8月 31日初版発行

文庫編集－中野大樹／宮田可南子
編集長－太田鉄平
発行者－梶本雄介
発行所－株式会社アルファポリス
〒150-6008東京都渋谷区恵比寿4-20-3恵比寿ガーデンプレイスタワー8F
TEL 03-6277-1601（営業） 03-6277-1602（編集）
URL https://www.alphapolis.co.jp/
発売元－株式会社星雲社（共同出版社・流通責任出版社）
〒112-0005東京都文京区水道1-3-30
TEL 03-3868-3275
装丁・本文イラスト－山椒魚
文庫デザイン―AFTERGLOW
（レーベルフォーマットデザイン－ansyyqdesign）
印刷－中央精版印刷株式会社

価格はカバーに表示されてあります。

落丁乱丁の場合はアルファポリスまでご連絡ください。

送料は小社負担でお取り替えします。

© Alto 2021. Printed in Japan
ISBN978-4-434-29253-8 C0193